JN139135

# リリオの花の名前

岩田ショウ
*Shou Iwata*

文芸社

魔物に見えた。

それは、美しい女の皮を被った魔物たち。

隅々まで磨き抜かれた、艶やかな体。

先の先まで手入れの行き届いた、なめらかな長い髪。

ナメクジのようにうねうねと動く、真っ赤な唇。

恐ろしくさえ見えた。

こんな風には、なりたくないと思った。

魔物たちは、男たちの前で楽しくもないのに笑っていた。

好きでもないくせに、目の前の男たちに体を預けた。

男たちの腕の中で、自分の存在意義を必死に確かめていた。

そして、一人で泣いていた。

こんな風にだけは、なりたくないと思った。

# 1

午前六時、アルカディアの大門が開く。女たちはひいきの客人たちを名残惜しそうに見送り、また床に就く。

目を覚ますと、そこには見慣れた天蓋があった。女はゆっくりと目を閉じ、またその目を開いた。眩しい。思わず目を細め、光の先に目をやる。厚いカーテンが閉めきられた薄暗い部屋の中で、そこだけ光が差し込み、カーテンが風に舞って、音を立てていた。昨夜、窓を閉めるのを忘れていたことに、今になって気づく。女はゆっくりと体を起こし、ベッドから降りると、その光のもとへ向かって歩き出す。

やがてその窓の前まで来ると、女はおもむろにカーテンを掴み、開け放った。風が勢い良く吹き込み、長い黒髪を舞い上げる。

周囲を取り囲む高い塀のおかげで、ここから外の様子を知ることはできない。女は窓の縁に寄りかかった。重力で右に流れた髪の間から、刺青が覗く。首筋に咲いた、蒼い百合の花。女は深いため息をついた。

結局、私も同じだった。あの時、こんな風にだけはなりたくないと思ったものになって、今ここにいる。

あぁ、また明日が今日になってしまった……

正午、午後三時の開門に合わせてアルカディアの女たちは起床し、いつものように化粧台の前に座り、支度を始める。リリオとなる瞬間である。

この国では、ここアルカディアで働く女たちをリリオ（＝百合の花）と呼ぶ。諸説あるが、百合のように気高く美しいことへの敬意。また、その美しさが永遠に続くものではなく、限られたものであるという皮肉が込められている、との説が有力らしい。支度をするリリオたちの傍らには、ケイルたちが化粧道具やドレスを持って順番に列を作る。ケイルとは、リリオに仕える十歳に満たない童女たちのことである。

日があるうちは、客人で賑わうことはほとんどない。リリオたちは夜の来客に合わせ、客人たちへの来城に対するお礼の手紙を書いたり、本を読んだりして気ままに過ごす。

「オルガ、何をやっている？　間もなく客人たちが見えるぞ」女の部屋の外から世話役の男の声がした。

　女はまたゆっくりと目を開けた。寝ていたわけではなかった。寝返りを打つ。視界に入った棚の上には客人たちから贈られた調度品の数々と、そこには不釣り合いな黒く鈍い光を放つ拳銃が一丁。いつ、これを使う日がやってくるのだろうか。それは今日なのではないか。呆けた頭でそんなことを考えていた。

　その時、数回のノックの後ドアが開けられた。

「オルガ、聞こえないのか？　客人たちが見えるぞ」男はため息交じりにもう一度繰り返した。

「……わかっている」女は男に背を向けたまま不機嫌そうな声を出す。

「具合でも悪いのか？」男は訊く。女はその問いかけに答えるかのように、右手をひらひらと振った。まるで蠅でも払っているかのようだ。男は女のそのふざけた態度に、呆れ果てた様子で女に聞こえるように大きなため息をつき、女の部屋を出ていった。男が去った後、女はまた寝返りを打ち、正面に向き直ると、短く吐息を漏らして、瞼《まぶた》を閉じた。

また始まる。

女は目を開け、起き上がった。

「オルガ様、今日はどのドレスにされますか？」ケイルの一人が女に訊いてきた。

「今日は久しぶりにレフラー将軍がお見えになるんだ。旦那は青がお好きだから、青にしようか」女は考えるような仕草で黒目を斜め上に向ける。青いドレスを持ったケイルが嬉しそうに、周りを押し退けて女の前にやってきた。

「ありがとう。アディ」女はそのケイルの頭を優しく撫でた。ケイルは、えへへ、と嬉しそうにその顔を笑顔でいっぱいにした。

「……あれ？　オルガ様、何か悲しいことでもあったんですか？」鏡に視線を戻した女にケイルは真ん丸の目をして訊いた。

「……そんな顔をしているかい？」女は髪をとかす手を止め、鏡の中の自分を見つめた。表情を確認しているようだ。

「えぇっとぉ……そのー……はい」ケイルはバツが悪そうに口ごもり、小声で答えた。すると、女はふっと小さく笑った。

「……そうか。こんなことではいけないな。お前たちはこんな風になってはいけないよ」

女はそう言ってケイルたちに優しい笑顔を向けた。その笑顔は、やはりどこか悲しげだった。

「さぁ、急ごう！　遅れては大変だ」女は張りきった様子で手を一つ叩き、鏡に視線を戻して、また化粧を始めた。


女の名前はオルガ・ミュール。アルカディアのプローゼである。プローゼもまた百合の花を意味し、リリオの中でも容姿・知性・芸事の特に優れた者たちを指す、アルカディアにも数人しか存在しない最上級の称号である。

「レフラー将軍、お久しぶりにございます。お会いしとうございました」今宵もオルガは客人たちが求めるプローゼ、オルガ・ミュールを完璧に作り上げ、客人たちの前に立ち、妖艶に微笑む。

「よく言うわ！　この売れっ子が！　今日だってたまたまキャンセルが出たって言うんで来られたが、お前さんと来たら引く手数多だから、俺まで番が回ってこんわ！」そう言って国軍大将のボールドウィン・レフラーは複数のリリオたちを傍らに置き、豪快に笑った。

すでに酒が入り、いつになく上機嫌だった。レフラーは、将軍という肩書が実にしっくりと馴染むような厳つい顔つきと体つきをしている初老の男だった。ここアルカディアの常連で、オルガとはオルガがまだ先輩リリオに仕えていた頃からの顔馴染みだった。

「そんな話はいいんだ！　それより早くこっちに来い！」レフラーは急かすように手招きをした。

「そんなに焦らずとも今宵の客人はレフラー閣下だけですのに」オルガはそう言ってレフラーの隣に座り、酒を注ぎながら艶然と笑って見せる。オルガのその言葉にたいそう気分を良くしたレフラーは、景気良く他のリリオたちにしきりに酒を勧めた。

するど、一人のリリオが疑わしげな表情でオルガに耳打ちをした。

「……オルガ様？　レフラー様、何だか様子がおかしくありませんか？」

「そんな顔をしないの。失礼でしょう」オルガはリリオを窘め、声を潜める。

「……気のせいではないでしょうね。最近東方の情勢整理を任されたんですって」

リリオは、えっ、と小さく声を上げ、首を傾げた。

「この間もテロ騒ぎがあったでしょう？　だいぶ手を焼いているらしいの」

リリオは、そう口にしたオルガの顔をじっと見つめた。オルガはレフラーを愛しそうに見つめている。そこには、司令部では決して見せないであろうレフラーの子供のような笑顔があった。

「嘘のつけないお方なの。ずっとそう。お人好しで、馬鹿正直で、昔からしなくてもいい苦労をしてばかりなの」オルガは優しい口調でそう言うと、リリオの前に酒が入ったグラスを置いた。

リリオは男たちに夢を見せる仕事である。美しく着飾り、華麗に舞う。さらに望みのままに酒を注ぎ、求められれば共にベッドに入り、抱かれる。

今を遡る百三十余年前、度重なる戦乱の後、この国は周辺諸国から独立を果たした。一人の強き意志を持つ者に人々は賛同し、自らの夢を重ね、集った。

集団は軍団となり、目の前に立ちはだかるものたちを次々となぎ倒し、周辺の小国を併呑しながら広がっていった。しかし、長きに亘る戦乱の中で勇猛果敢な男たちも次第に身心共に疲弊していった。そこで作られたのが休息所である。女を馬鹿にした考え方だが、戦えない女たちの当時の利用価値はこれしかなかった。男たちは、一時の安らぎと癒しを求めて女を抱いた。これからのお国のためにと、家族たちは泣く泣く娘を戦地に送り出した。奇しくも、これが後のアルカディアの起源となる。

それからほどなくして、たくさんの犠牲と女たちの涙のもとにブルーノ・D・アギラールはディルアス国の建国を声高に宣言した。こうして、ここにアギラールを初代大提督とし、大小様々の都市を東部のアーノール、西部のセリア、南部のジルベルスタイン、北部のアキノに司令部を置き、それをグレスフォードに置かれた中央司令部が統括する軍事国家が誕生したのだった。

大提督となったアギラールは、まず例の休息所を訪れた。そこには、戦乱の最中《さなか》、彼と将来を誓い合った一人の女がいた。しかし、この時アギラールは国交の安定化をはかるため、南の隣国テルティティア国の王の縁者との縁談が決まっていた。アギラールは女に詫びた。しかし、女はアギラールを罵ったりはしなかった。ただ一言、お幸せに、そう呟いただけだった。

アギラールは女のために中央司令部が置かれたグレスフォードの近郊に大きな城を築いた。アギラールはその女が他の男のものになることを恐れ、女を周囲を高い塀で囲ったその城に入れ、軍の管理下に置いた。

ところが、女はアギラールの造ったその城で彼の名前を使い、言葉巧みに軍の高官たちに取り入り、若い美しい娘たちを集めて「商い」を始めたのだった。女たちは美しく着飾り、男が望むままに酒を注ぎ、舞い、唄を歌い、そして抱かれた。女はそこをアルカディア（＝楽園）と名づけた。アギラールはそれを止めることをしなかった。何も言わず、ただ傍観していた。

女にとって、それは自分を裏切ったアギラールへのせめてもの復讐だったのだ。私は今宵もお前の城で、お前の知らない男に抱かれているのだぞ、と。女は男たちの腕の中でそんなことを考えていたのだろう。

その後、殺伐とした戦乱の時代が終焉を迎えると、どういう訳か、アルカディア通いはディルアス国の男たちのステイタスとなっていった。国中から集められた美しい、最上級の女たちをどれだけ高い金で買えるか。そんな見栄の張り合いが始まったのだ。

アルカディアの客の大半は軍の高官たちだった。貴重な税金で女遊びをする軍人たちに、国民は非難の目を向けた。しかし、この時代一般人が軍の高官たちと繋がりを持てる場は、このアルカディアだけだった。さらに、この軍事国家で軍の高官の親類縁者となることは、一族の生活を保障されたも同然だった。そのため、美しい娘のいる家庭は一族の命運を託し、その娘をアルカディアに売るようになった。こうして、アルカディアはそんな様々な思いや欲望が渦巻く中で、益々の賑わいを見せていった。

その後、アギラールは失脚。すると、女もその後を追うようにアルカディアから忽然と姿を消したという。やがてアルカディアは提督の代替わりと共に徐々に姿を変え、国民や他国の者にも開けたものとなっていった。しかし、それに伴って様々なトラブルも目立ち始めた。

アルカディアには、きらびやかな表の顔とは違う裏の顔があった。国の暗部と根強く結びつき、裏社会の権力者たちの取引や情報交換の場として利用され、軍はそれを知りつつも黙視し続けた。しかし、三代目提督のもとで一人の花形リリオがアルカディアから逃げ出し、何者かに惨殺されるという事件が起きた。さらに、この事件で四人の国軍高官が逮捕されたことを皮切りに、アルカディアと暗部との関わり合いが国中に広く露見し、多くの民衆は、それを黙殺し続けた軍を激しく非難した。それは小さな抗議活動から、何千、何万という人間が参加するデモ活動へと姿を変えていった。軍は事態の収拾のため、アルカディアをその管理下から離し、名目上分離させ、当時提督と懇意にしていた豪商アレン・ヴィーゼを当主として、それまでの様々なシステムに新たなものを取り入れ、再スタートを切らせた。その後、アルカディアはヴィーゼ家の世襲となった。

ヴィーゼ家がアルカディアの当主となった当時、多くのリリオたちは年季奉公という形で働かされていた。一定の年限を働くか、彼女たちを購った金額をヴィーゼ家に返還すれば解放されたのである。ひいきの客が代わりに購った金額を返却し、勤めを終えさせて妻などとしてもらい受けることもあり、プローゼともなると、その額は城が建てられるほどだった。

しかし、国の暗部と深い関わりを持ち、公にできない取引が毎夜行われ、悪政の温床ともなっている現在のアルカディアではプローゼともなれば国を左右するような情報の一つや二つ握っていてもおかしくなかった。そのため、リリオとしての名誉を掴むことは、それすなわち二度と外の世界に出ることができないということを意味していた。たとえアルカディアを出られたとしても、リリオが崇められ、もてはやされたのはアルカディアの中だけだった。一歩でも外の世界に出れば「売女」や「娼婦」と非難の目を向けられ、一族の命運を一身に背負った女たちは帰る故郷を失くし、心ない視線に耐えられなくなり、自らの人生に失望し、命を絶った。

そんな実状に心を痛めた二代目当主アーロン・ヴィーゼは、歳を重ね、稼ぎが悪く、リリオとしての仕事が難しくなった者を若いリリオの教育や管理、リリオや客に出す食事を作る当番など裏方として再雇用した。それによって、アルカディアは他のアルカディアを真似て造られたものとは一線を画し、単なる売春窟として堕ちることもなく、独特の文化を生んだのだった。

しかし、そんな中にも運命に翻弄されるリリオがいた。女は様々な客人を相手にするうちに国の内外に亘り、強大な影響力を持つこととなった。国軍は女のその影響力を恐れ、女がアルカディアを出ることを禁じた。プローゼであるオルガ・ミュールはそんなリリオの一人だった。

国軍は、かつて自らの管理下に置いていたアルカディアを「悪所」として国民から遠ざけようともした。しかし、人々は非日常の世界をアルカディアに見出した。アルカディアはリリオたちの悲惨な境遇にもかかわらず、新しい文化の発信地でもあり、様々な芸能と共に、中央司令部の置かれたグレスフォードを中心に評判となっていた。しかし、最も人々の耳目を引いたのは、男女の間に起こる悲喜交々であった。それは、時に面白おかしい事柄として、時に悲しいお話として、新聞の紙面を飾り、芝居となり、おとぎ話として語られ、唄に歌われた。

なぜ、アルカディアがここまでの賑わいを見せたのか。そこには男たちの欲望もさることながら、女たちを突き動かす何かがあった。この時代の女たちはまだ立場が弱かった。教育でも、仕事を選ぶことであっても、結婚でも、様々な制約を受けていた。しかし、アルカディアの女たちは違った。一流の教育を受け、芸事を磨き、普通の女では一生拝むことのできない最上級の衣服や装飾品を与えられた。媚び諂う男たちを足蹴にして、美しく、しなやかに、艶やかに、咲き乱れることができた。それに憧れ、自らもそうありたいと願った女たちは少なくなかった。まだ、そんな時代だったのだ。

## 2

「よぉ、親父さん。この間頼んだ奴は上がってますかい？」鍛冶屋のドアを開けるなり、国軍少佐のルカ・オークレールは店主に向かって言った。

オークレールは丸い大きな目をした小柄でかわいらしい顔立ちの少年のような男だった。しかし、顔に似合わず、剣術と銃の腕前は国軍一と言われ、戦地で高みの見物を決め込む将官や佐官と違い、先頭を切って隊を率いる。二十五歳という若さで少佐という称号を掲げているのも、戦地で挙げた数々の功績の賜物だった。その生意気な態度から上官からの評判は良くなかったが、部下からの信頼は厚かった。

「……上がってるよ」店主は確認する程度にオークレールを見やり、ぼそりと答えた。

「悪いがこっちの手が離せないんだ。そこに置いてある」作業を中断したくないのだろう。店主はその方向を顎でしゃくった。オークレールが顔を向けると、そこには一本の剣が立てかけられている。無意識に表情がゆるむ。

「さっすが。相変わらず仕事が早い」おもむろに剣を鞘から引き抜いたオークレールは感嘆の声を上げた。

「催促したのはお前さんだろうが。……それにしても毎度のことながら酔狂な軍人さんだよ。大砲でドンパチやるこの時代にまだ剣なんかにこだわるなんてな」店主は作業を続けながら皮肉めいた物言いをした。

「その酔狂な連中のおかげでおまんま食えてんでしょうが。もっと大事にしなさいな」

「……それもそうだな」それでも店主は作業を続け、下を向いたままだった。オークレールは、ふと店主の手元に目を落とした。

「ずいぶんと立派な剣ですね。そいつも急ぎなんですかい？」そう言って自らの剣を鞘に収め、店主の隣にしゃがみ込むと、まじまじとその剣を見つめた。

「……アルカディアの用心棒のだそうだ」店主はまた、ぼそぼそと声を出した。

「アルカディア？」オークレールはあからさまに不快感を表に出した。

「……何だ？　悪い女に騙されたことでもあるのか？」

「誰と一緒にしてるんです？　やめてください」めったに出ない店主の冗談を、オークレールはぴしゃりと封じた。

「好きじゃないんです」オークレールはすっくと立ち上がった。

その時ドアが開き、くわえ煙草の男が一人、ずかずかと中に入ってきた。その男の顔を見るなり、オークレールは露骨に嫌そうな顔をした。男の名前はセーファス・ブラガ。国軍大佐である。オークレールとは同郷で、やはり同郷のボールドウィン・レフラーの誘いで軍人になったのだった。切れ者で野心家のこの男は、仕事では鬼上司として部下から恐れられているが、司令部の外に出れば「遊び人」として、その界隈では有名だった。

「おい、ルカ。てめぇ、こんなとこで何してやがんだ？」ブラガはドアに寄りかかり、不敵な笑みを浮かべた。

「……パトロールっす」オークレールは頬を掻きながら、シレッとした調子で答えた。ブラガは舌打ちを一つして、ゆっくりとオークレールに近づいてくる。

「てめぇ、仕事舐めてんのか？」ブラガはオークレールの正面に立ち、憎々しげに見下ろした。

「嫌だなぁ、大佐。備えあれば憂いなしってね。俺は軍のピンチにはこいつを持って先陣を切りますぜ」オークレールは悪びれる様子もなく、にっと笑って見せる。

「お前さん、いつからそんなに俺にたてつくようになったんだよ？」

「生まれた時からでい。いつかその椅子から引きずり下ろしてやるからケツ洗って待っててください」

二人は対峙した。

「……喧嘩は外でやってくれないかい？　営業妨害だ」二人のやり取りを呆れた様子で見ていた店主が口を開いた。ブラガの鋭い視線が店主に向かう。

「あんたもこいつの無駄話に付き合わないでくれよ」ブラガは吐き捨て、入り口に向かって歩き出した。

「あーぁ、中央勤めは性に合わなくてなんねぇよ。現場向きの俺が何で色ボケじじいの世話なんかせにゃなんねぇんですか?」オークレールは肩を回しながらうんざりした声を出した。

「色ボケじじい?」店主が首を傾げる。

「余計なこと言うんじゃねぇ!」ブラガが振り返り、声を荒らげた。

「いいじゃねぇですかい。ブラガさんだって面白くないくせに」オークレールはブラガを見据えて下唇を出した。ブラガは苛立たしそうに顔を振り、乱暴にドアを閉めて店の外に出ていった。オークレールは苦々しく舌を出した。

「……中央司令部の東にクルシュマン邸があるでしょ? 昔っからの貴族の。この週末そこの当主のじいさんが自分の八十の祝いのパーティーを開くのにアルカディアの女たちを招くって言って、俺たちがその警護を仰せつかったんですよ」店の外でドアに寄りかかり、不機嫌そうに煙草をふかすブラガの背中を眺めながら、オークレールは腕組みをして話し始めた。店主は上目遣いのような格好でオークレールをじっと見る。

「親父さんは八年前にコルキーとこの国が非合法薬物の密売で一悶着あったたっていう話は覚えてますかい?」オークレールは店主の方に視線を戻して訊いた。コルキーは西の隣国である。店主は考えるように視線を斜め下に落とし、思い出したように一瞬目を大きくして顔を上げた。

「治外法権でだいぶ揉めたが、コルキーの商人たちが大量検挙されたって奴か？」

「そうです」オークレールは力強く頷いた。

「あの事件には、今回俺たちが警護を仰せつかったアルカディアの女たちが関わってましてね。あの事件の主犯コルキー国の貿易を牛耳ってるアダーニって野郎はアルカディアの常連だった。それで女たちが酒の席で奴に何か聞いているに違いねぇと踏んだ俺たちは、女たち七人を当時事件の担当をしていた西方司令部に呼びつけ、取り調べをしたんです」

八年分の記憶の中を掻き分けながら、オークレールは難しい顔で続ける。店主は耳に意識を集中させた。

「取り調べって言ったって尋問みてぇなもんですから、女たちは怯えて次々ぺらぺら色んなことを話してくれました。でもね、ただ一人だけ頑として口を割らない女がいたんです。しかも、その女はアダーニが特にひいきにしていた女で、その女が何かを握っていることは間違いなかった。他の女たちから確信的な証拠を何も得られなかった憲兵たちは、躍起になってその女に尋問を続けました。俺はまだ士官学校出たばっかりの新人だったんでその場にはいなかったんですが、調書が残ってましてねぇ。その女、気に食わなければ殺せ。

私はこの命に替えても沈黙を貫き通してやる、と言い放ったらしいです。十八歳の小娘がです。水をかけられようが、ぶたれようが、煙草をぶつけられようが、女は何も話しませんでした。やがて勾留期間が終わり、女は司令部を後にしようと表に向かった」なめらかに動き続けたオークレールの口が止まる。店主が目を上げると、オークレールは深刻そうな顔でどこか一点を見つめていた。その目には、その時のアダーニが見えているのだろうか。すると、店主の視線に気づいたのか、オークレールは唇をゆるめ、そばにあった机に浅く腰かけると、わずかに唇を舐めた。

「……門のところに、逃亡していたはずのアダーニが立っていたそうです。二週間近くもろくに食事も与えられず、寝ることもできなければ、窶《やつ》れもするし、顔に怪我なんかもしている。そんな女の姿を見るなりアダーニはボロボロ涙をこぼして土下座をし、申し訳なかった、と叫んだんです。憲兵たちは訳がわからず立ち尽くしていた。するとね、女は手で憲兵たちを制止し、アダーニのもとに歩み寄った。女はその傍らに跪《ひざまず》き、旦那、またごひいきに、と言って笑ったそうです。女は迎えの者を従え、颯爽と司令部を出ていきました」めでたし、めでたし、とでも続きそうなおどけた口調で締めくくると、オークレールは体を伸ばすように両手を上げ、首を左右に折った。店主はオークレールの話に耳を傾けながら、胸の内がざわめき立つのを感じていた。しかし、そんな店主の様子などお構いなしに、オークレールの少し硬い声がまた耳に飛び込んでくる。

「その後、アダーニは事件のすべてを告白し、女たちは何も関係ない、と証言。俺たちは無実の女たちに尋問し、怪我まで負わせちまった。アルカディアの常連には軍の高官はじめ、政府高官や貴族、財閥、名家、隣国の王族、その縁者、とにかく各界のお偉いさんが数多いる。俺たち一軍人を消すことなんて屁でもねぇ。しかしね、あの女何も言わなかったみてぇなんです。アルカディアの当主も何も言わなかった」

店主はぎくしゃくとした動きで顔を起こした。

「その一件以来女はその界隈で知らない者は誰もいない有名人になり、前例のない大出世を果たしたそうです。アルカディアに出入りしてる者の中には訳ありの者や裏社会で生きてる者も数多いますからね。口の堅い女としてそいつらの絶大な信用を得たってわけだ」

オークレールはそこまで話すと、一仕事終えたように、ふうっと大きく息を吐いた。

「オルガ・ミュールか……」店主はその名を噛みしめるように呟いた。オークレールは店主に横目をくれた。自分は口にしなかったその名が、店主の口から出てきたことが意外だった。しかし、当然か、とも思った。アルカディアのオルガ・ミュールと言えば、その名前を一度も聞いたことのない者を探す方が難しいだろう。アルカディアで何か騒ぎが起これば、オルガ・ミュールが主役の読者好みに装飾させた号外が配られ、軍の高官のスキャンダルが話題になれば、オルガ・ミュールが軍の高官をマリオネットのように操る国軍を皮肉る風刺画が出回る。

「去り際に女は振り返り、こう言ったそうですよ。それでは皆さん、ごきげんよう、ってね」オークレールは失笑した。

「結局のところ、証明できたのはアダーニの野郎の女を見る目が確かだったたってことだけでしたよ。それに、どういう訳かこの話はコルキー国王には、身を挺してわが国民を守った聖女、なんて訳のわからねぇ伝わり方をした。この国とコルキー国が友好な関係を続けていられるのは認めたくはねぇがそのオルガ・ミュール嬢のおかげってわけですよ。あんまり人気者になっちまったもんだから嫉妬に狂った時の提督閣下にあの城に押し込められちまったんだが、それでもまぁ、あの女にしてみれば、提督まで手玉に取って楽しんでんのかもしれねぇ。しかも、今度はその女が久しぶりにアルカディアを出るって言って軍総出で警護に当たるんです。笑いが止まらないでしょうね」オークレールは両手を広げ、お手上げとでも言うように肩をすくめた。

「今も昔も変わらねぇってことか」

店主のその言葉を遮るようにオークレールは唇に人差し指を当てた。

「何一つ変わっちゃいませんよ」オークレールは冷めた視線を店主に向ける。

「この国は国民のことを、税金という資金調達源くらいにしか思っちゃいない」

オークレールのその棘のある言葉に、店主は眉間に皺を寄せた。

「この国は上層部の連中がおいしい思いをするために造られたんですよ。アルカディアはそんな奴らの貴重な情報交換の場なんでさぁ」歯牙にもかけず、思ったことをずけずけと喋った後、オークレールは何か言いかけて、ふっと笑みを漏らした。

「俺はね、小せぇ時からレフラーのおっさんの青い夢の話を聞きながら育ってきた。すべての者が幸せだと胸を張って言える国にしたい、ってね。剣の腕を買われて軍人になったあの人の各地での功績は、風の噂で聞いていた。そりゃあ誇らしかったですよ。あの人は少将という肩書を連れて俺たちの前に戻ってきた。ガキだった俺にはすげぇ偉大な存在に見えた。俺たちはあの人について村を出た。俺が十歳の時だった」自らの昔話を始めたオークレールの目は、懐かしそうにも、寂しそうにも見えた。

「俺はおっさんの口利きで中央司令部の訓練校で剣術や体術に励み、十五歳で士官学校に入った。それからは戦地でがむしゃらに戦った。あの人に追いつきたくて。それで去年、ここ中央に異動になって、やっとあの人の下で働けると思ったが、あの人は毎夜アルカディア通いだ」オークレールは天井を仰ぎ、すねた子供のように小さく呟いた。

「……何やってんだか」

「……いつにも増してガキみてぇなこと言うじゃねぇか」

店主の言葉に、オークレールは心外そうに目を見開いた。そんなオークレールの反応に、店主はやれやれと眉尻を下げる。

「少なくとも、お前さんはその若さで少佐を掲げている。これは誰でもできることじゃない。胸を張ればいいだろう。こんなところでグズグズ文句言ってる暇があるなら下々の者のためにもっと働いてくれよ」店主の言葉はその中身ほど辛辣なものではなかった。

「ガン、ガン、ガン」その時ドアが叩かれ、二人が顔を向けると、まだか？ ブラガがそう言いたげにこちらを睨んでいた。オークレールは胸の階級章に目をやり、「その剣、親父さんがアルカディアまで届けるんですか？」と照れ臭さを誤魔化すために、突拍子のない質問をした。

「……いや、ガキが取りに来る。汚らしい人間は門をくぐるなって出入り禁止になったんだ」店主は恨めしそうに顔をしかめた。

「本当なら、ずいぶんな話ですね」オークレールは店主の言葉を深刻には受け取らなかった。自分の単純さを思い知らされたが、今ならどんな訓練でもたやすくこなせそうだった。

「旦那、またお願いします。ありがとうございました」

「毎度あり。女王様に煙草ぶつけた例の軍人さんにもよろしくな」

オークレールは一瞬ポカンとし、参ったなという笑みを浮かべた。その視線の先には女王様に煙草をぶつけた例の軍人さんの背中があった。オークレールはドアの前で小さく頭を下げて、鍛冶屋を出ていった。最後まで、店主の変化に気づくことはなかった。

## 3

「……違う」低く呟くように声を発したオルガは、苛立ちを隠そうともせずに前髪を掻き上げた。

その日は、明後日に迫ったクルシュマン氏の誕生日パーティーで披露する演舞の最終的な確認をしていた。オルガの苛立ちを察したリリオたちは、恐縮しきって全員下を向いてしまっている。

「どうしてこれしきのことができないんだ？　パーティーをぶち壊したいのか？」オルガは腕を組み、軽蔑すら感じられるような目でリリオたちを睨みつけた。大きくはないがよく通る声が、その場の空気により一層の緊張感を与える。

「……あの、もう一度、お願いします。次はきっとできますよ」すると、一番年長のリリオが、まるでオルガを宥めるようにそう言って、周りのリリオたちに、ねぇっ、と相槌を打った。

「お前が言うな！」オルガはそのリリオを一喝した。

「誰のせいでこうなっていると思ってるんだ！　よく恥ずかしげもなくそんなことが言えたな⁉」

　オルガのこの言葉に、年長リリオの顔はカッと赤くなる。

「……オルガ、その辺でやめておけ」部屋の隅でことの成り行きを見ていた世話役のヨハン・レイナが静かに口を開いた。

「お前は黙っていろ！　一番の年長者がこれでは下への示しがつかないだろう！」オルガ

の目が、キッとレイナを捉える。レイナは困ったように、呆れたように、首をゆらゆらと振った。

「……それよりも若旦那様はどうした？」不意にオルガは表情をゆるめ、思い出したように部屋を見渡し、レイナに訊ねた。「若旦那様」とは現当主のことだった。先代の当主に拾われたオルガは、今でも先代の故アーベル・ヴィーゼを「旦那様」、アーベルの一人息子で現当主のカレル・ヴィーゼを「若旦那様」と呼んでいた。

「先ほど東部のバートン氏が見えられて、部屋で話をしているよ」

「バートン氏？　何の話だ？」と反射的にオルガは声を尖らせる。

「俺にはわからない」レイナがこう答えると、オルガは腹立たしそうにため息をつき、広間を出ていってしまった。

「オルガ！　どこへ行くんだ⁉」レイナはオルガを追いかけ、その背中に向かって声を張り上げた。

「どうして私に言わなかったんだ⁉　若旦那様一人でバートン氏との交渉ができるわけないだろう⁉」オルガは前を向いたまま、叱責するように言った。

「オルガ、待て！　カレル様にだってプライドがあるんだ！　いつまでも女のお前が隣にいては周りから馬鹿にされてしまう。さっきのリリオだってそうだ。そんなことではお前はじきに孤立してしまうぞ」レイナは追いすがるように言った。すると、その言葉にオルガは足を止め、ゆっくりと振り返った。

「ここは国をどうにかしてやろうという卑しい連中の巣窟だ。少しでも気を抜けば食われる。無能な人間に何と思われようがどうってことない。私はここを守れさえすれば、それでいいんだ」オルガの周囲には無言の圧迫感が漂っていた。大半の人間はこれを強さと呼ぶのだろう。しかし、レイナは妙に沈んだ気持ちになった。そんなレイナを尻目に、オルガはまた迷いのない足取りで廊下を進み出した。

オルガは思い出していた。

コルキー国商人の事件の後、オルガが前代未聞の大出世を果たしていく中で、アーベルは病に倒れた。突然のことだった。発見された時には病魔はすでに体中を蝕み、もう手遅れだった。医者には持って一年だと告げられた。オルガは時間を見つけてはアーベルのもとを訪れた。アーベルは日に日に憔悴し、医者の宣告から半年を過ぎた頃からは、一日の大半を眠って過ごすようになった。オルガはそんなアーベルの横でずっと書物を読んでいた。

「……店はどうした？」それは、季節外れの冷たい雨が降る肌寒い日だった。何日かぶりに眠りから覚めたアーベルは、焦点の定まらない目で訊いてきた。オルガは顔を上げ、ほっと安堵の表情を見せた。

「今日は休みです。自分の店の休みも忘れたんですか？」しかし、すぐに手元に視線を戻し、ぶっきらぼうに答えた。

「俺はずっと寝ていたのか……お前は……何を読んでいるんだ？」アーベルはゆっくりと瞬きをし、顔だけをオルガの方に向けた。

「歴史書」オルガはまた下を向いたまま答え、「知識はどんなにたくさんあっても重荷にならない素晴らしいものだと、この間来たテルティアの学者が言っていました」と続けた。

アーベルは天井に視線を戻し、口元に笑みを浮かべ、ゆっくりと目を閉じた。オルガは文字を追う目を止めた。何か逡巡しているような気配がある。

「……死ぬんですか？」オルガは訊いた。アーベルは目を見開いた。

「……ははは！　お前って奴は歯に衣着せぬとはこういうことか。客の前でもそうなのか？　心配だな」アーベルは苦笑し、懐かしいものでも見るかのように天井を見つめた。

「……そのようだな。医者が気を遣って他言せぬようにしているようだが、もう長くないだろう」それは、予想通りの回答と言っても良かった。しかし、オルガの顔からは表情が抜け落ちていく。

暫し、沈黙が生まれた。

「お前たちには謝らなくてはならないな」口を開いたのはアーベルだった。オルガはそっと本を閉じた。

「先代に負けじと躍起になって店を守ってきたつもりだったが、俺がしてきたことはお前たちのような若い娘を傷物にして、お前に至っては、銃を携帯しなければ、どこも歩けぬようにしてしまった。人生を狂わせてしまった。本当に……申し訳ない……」

オルガは背中に忍ばせた拳銃に意識を向けた。アーベルは苦しそうに息を整え、固く目を閉じた。辛そうに顔をしかめ、歯を食いしばっている。アーベルはまだ二十代という若さでこのアルカディアの当主となった。周りは隙あらば利用しようと虎視眈々と様子を窺っている者ばかり。妻を早くに亡くしたアーベルはその中をたった独りで戦ってきた。これまでの苦労は想像を絶するものだっただろう。何よりもアーベルは優しすぎた。リリオたちの境遇にいつも胸を痛めていた。そんな心労もたたり、こうして病に倒れた。オルガは思い出していた。初めてアーベルに会った日、歳よりもずっと老いて見えたことを。きっと、これまでの身心に及ぶ辛苦が彼を疲弊させてしまったのだろう。

「……私は自分で選んでここへ来ました」オルガは手元を見つめたまま言った。確固たる声だった。アーベルは驚きの表情でオルガを見た。

「あなたは私に道を示しただけです。選んだのは私です。私は自分の意志でここにいます」オルガはその一言一言に気持ちを込め、しっかりとアーベルを見つめた。アーベルの目が充血していく。

「他の奴らがあなたをどう思っているかなんて知らない。でも、私はあなたに感謝しています。あなたはずっと私を見ていてくれた。明日は今日とは違う。そう教えてくれたのもあなたです。それに私は今じゃこの辺りでは一番の有名人じゃないですか。数多の男たちに毎夜求められている。女として生まれたからにはこれほどの名誉はないでしょう？」オルガはアーベルを見下ろすようにして、得意げに笑った。

「……ふふふ、はは！　これは参ったな。まったく大した女だ」アーベルは右手を額に当て、笑った。しかし、みるみるうちに口元が歪み、部屋に嗚咽が響いた。オルガはしばらくその様子を眺め、黙って立ち上がった。何も言わずに部屋を出ようとした。

「オルガ……お前、いい女になったな」やっと絞り出したような声だった。オルガは振り返り、フンと生意気そうに笑った。

「今頃気づいたの？」


それから間もなくして、アーベルは息を引き取った。享年六十一歳だった。それは、オルガの二十歳の誕生日の二日後の出来事だった。オルガは誓った。アーベルがその人生を賭して守ってきたアルカディアを、これからは自分が守っていくと。こんな自分のために、涙を流してくれたアーベルのために。

葬儀の会場にオルガの姿はなかった。その日、オルガは自らの部屋の浴室から出てこなかった。ただずっと、シャワーに打たれていたのだった。


「お久しぶりにございます。バートン様。お茶のお代わりをお持ちいたしました」

そう言って部屋に入ってきたオルガに、現当主のカレル・ヴィーゼは隠そうともせずにうんざりした顔をした。

「お元気でしたか？　私もバートン様とお話がしとうございます。ご一緒させていただいてもよろしいですか?」オルガは穏やかに微笑みかけた。

「あ、あぁ、もちろんだ。オルガ嬢にそんなことを言われては仕方あるまい」人身売買や武器・薬物の密売など、黒い噂が絶えない古美術商ジョン・バートンは、本心は見せずに口元だけで笑ってみせた。

「ありがとうございます」オルガは笑顔でバートンの前に紅茶を置いた。この後、カレルが発言をすることはなかった。

4

「これならうちの評判も上々だな」当主のカレルは腕を組み、満足げに言った。今日はクルシュマン邸への訪問の日だった。この訪問には、伝説に近い存在のオルガ・ミュールを多くの民衆の前に出すことで、さらなる顧客を獲得しようというカレルの思惑があった。

オルガはこの日のために仕立てた特別なドレスに身を包み、髪には帽子のような大きな百合の髪飾りを付け、きらびやかなアクセサリーを身に着けて、真っ赤な口紅を引いて、鏡の前に立っていた。その姿はため息が出るほど美しかった。

「まだ始まんねぇんですか？」クルシュマン邸の前で警護に当たるオークレールは飽き飽きした顔で隣のブラガに訊いた。

「黙れ！　てめぇ、それ何回目だよ！」ブラガはオークレールを睨み、苛立ちを隠すように乱暴に煙草をくわえた。

「ていうか、屋敷まで車で入ればいいのに何で途中から歩かせるんですか？　意味がわからねぇ」オークレールは唇を尖らせ、頭の後ろで手を組んだ。

「じじいの自慢だろ？　迷惑な話だ」ブラガは通りに集まった大勢の市民たちを見て、げんなりした様子でため息をついた。

「そう言うな。お前たち、これが終わればあのアルカディアで宴会だぞ！」すると、やってきたレフラーが二人の肩に手を置き、豪快に笑った。「アルカディア」という単語にオークレールは顔を曇らせる。

「……俺は行かねぇよ」ブラガはふーっと煙を吐いた。

「俺なんかが行った日には毒盛られちまう」

「セーファス、お前の気持ちもわかる。でも、これはあちらさんからの計らいでもあるんだ。お互い水に流そうということだろう」レフラーはブラガを諭すようにそう言って、眉の両端を下げた。

「大将、ブラガさん、話はその辺で。主役のお出ましですぜ」オークレールが歓声の先を指差した。黒塗りの車が数台停まっている。その車の中に、集まった観衆のお目当てが乗っていることは一目瞭然だった。一般市民がプローゼにお目にかかれることはまずない。通りを挟むように、たくさんの人間がそのプローゼの登場を待ち侘びている。

正装に身を包んだ男が車のドアを開ける。ひときわ大きな歓声が上がった。遠目に見てもその空間には「異質」と言える女が車から降りてきた。女は周囲を見渡して軽くお辞儀をすると、使いの者を従えてゆっくりと歩き出した。きらびやかで艶やかな女の周りの空気は周囲からは完全に浮いていた。歓声がどんどん大きくなる。そこに集まったすべての人間の視線がその女だけに注がれていた。それは次第にオークレールたちのもとへと近づいてくる。その女は美しく化粧をほどこし、真っ青なドレスを身にまとい、帽子のような百合の髪飾りを被り、きらびやかな装飾品を身に着け、妖艶に微笑んでいた。まるで、この世のものだと思えないほどの美しさだった。オークレールたちは言葉を失い、口を開けたまま立ち尽くしていた。

「ほぉ、大したおねえさんじゃねぇか」そこに巣食う悪に、気づくことができなかった。

「あれ?」オークレールは違和感を覚えた。あの目。妖美な中にも強さの光を秘めるあの目を知っている。自分はあのプローゼに会ったことがある。突として、そう思ったのだ。

あれはオークレールが田舎から出てきたばかりの十一歳の時だった。レフラーの口利きで入った訓練校では、周囲は大人ばかり。そんな中、「神童」と呼ばれていたこともあり、オークレールは調子に乗っていた。自分も大人と同じだと思っていた。だが、その日オークレールは喧嘩を売る相手を間違えた。廃《すた》れたごろつきだと思ったが、相当腕の立つ二人組だった。オークレールは必死で逃げた。すでに血まみれだった。

「こっち!」

突如伸びてきた何者かに手を引かれ、オークレールは空き家に逃げ込んだ。

「命を儲けたね」ゼーゼーと息を切らすオークレールに、一人の少女が笑顔で言った。歳は同じくらいだろうか。オークレールの手を引いたのはこの少女だった。

「うるせぇ！　邪魔すんな！　あんなのに俺は負けねぇんだ！」オークレールは精一杯の虚勢を張り、少女を睨みつけた。すると次の瞬間、少女は側にあったカップを思いっきりオークレールに投げつけた。カップはオークレールの足元で派手な音を立てて粉々になった。

「な、何すんだよ⁉」予想もしなかった出来事にオークレールは狼狽えた。少女はそんなオークレールの襟元を掴んだ。

「あんた逃げたんでしょ⁉　自分で喧嘩売って逃げたんでしょ⁉　負け犬が粋がってんじゃねぇよ！」

少女の迫力にオークレールは何も言えなかった。

「あんたみたいな子供があんなのに喧嘩売ったたって敵うわけないだろ⁉　あんたが死んだら悲しむ奴だっているんだろ⁉　だったら命の無駄遣いはやめなよ」少女はオークレールから手を離し、背中を向けた。オークレールは泣いていた。情けなかった。少女はまるで、それに気づかないふりをしているかのようだった。オークレールは田舎に残してきた姉や、レフラーやブラガの顔を思い出していた。

「お前、名前は何て言うんだ？」こっそりと空き家を出ようとする少女の背中に、オークレールは訊いた。少女は振り返った。

「今度会ったら教えてやるよ」少女は颯爽と空き家を出ていった。強い目。そんな印象を残して。

## 5

オークレールは噛みつきそうな目つきでそのプローゼを見つめていた。警護を終えたオークレールたちは、アルカディアの大広間に招かれていた。美しいリリオたちに酒を注がれ、隊員たちは皆浮き足立っていた。

そのプローゼは一人一人に丁寧に挨拶をし、酒を注いで回っている。

「ほら、セーファス！　そんな険しい顔をするな！」ブラガの隣のレフラーは肘でブラガの脇腹を突いた。

「こんばんは。本日はありがとうございました。オルガ・ミュールでございます」オルガは三人の前に来ると、深々と頭を下げ、にっこりと微笑んだ。

「いやぁ～！　美しい！　驚いたよ！」レフラーは感慨深げな声を上げた。ブラガが怪訝そうな視線をレフラーに向ける。

「ありがとうございます。ブラガ様もお久しぶりにございます。私のこと覚えておいでですか？」オルガはレフラーに酒を注ぎながら、挑発とも取れる笑みをブラガに向けた。ブラガの目に鋭さが走る。レフラーが気遣わしそうに二人のやり取りを窺っていた。

「フフフ、昔のお話ですね。そんなに怖い顔なさらないでください。あなた様を見ていると、なぜだか意地悪をしたくなります」オルガは、どうぞ、と言って、ブラガに酒を勧めた。ブラガは無言でオルガを睨みつけている。オルガの真っ赤な唇が悩ましげに動いた。

「毒を盛る気など毛頭ございません。皆様が見ておられます。ささ、どうぞ」

　今回もブラガの完敗だった。

「大将、あんた毎夜アルカディア通いしてるって、本当だったんだな？」オルガが離れると、ブラガはレフラーに横目をくれ、小声で訊いた。

「毎夜ではない。それにしても今日は一段と美しい」レフラーは朦朧とも恍惚とも取れる表情をした。ブラガは呆れた様子で首を捻り、ぐいっと一息に酒を流し込んだ。

「ねえさんはこの辺のお生まれで？」自分の前にやってきたオルガに右手を差し出し、オークレールは訊ねた。

「えぇ」オルガも笑顔で右手を出し、握手に応じる。

「俺、ねえさんに会ったことがある気がするんでさぁ」オークレールはオルガを真っすぐ見つめた。騙そうとか、そういうものではない、素直な好奇心の目だった。オルガの瞳が揺れる。オルガは曖昧な笑顔を作り、さぁ、と返事を濁した。すると、オークレールは何かに気づいたように、自分と握手に応じるオルガの右手に視線を移動させた。

「……ねえさんは剣の覚えがあるんですかい？」

その途端、オルガは右手を小さく痙攣させ、勢い良く引っ込めた。オルガの驚いた目が、自分の右手を見てからオークレールに向けられる。

「……あ、いや、マメができていたんで」オークレールは誤魔化すように頭を掻いた。

「剣術に携わるもんはよくこの辺にできるんでてっきり」オークレールは自分の手のひらの中指の付け根辺りを指差した。

「……リリオが剣術に励んでは、ここにいらした皆様が安心しておくつろぎになれませんわ」と口にしながら、オルガは無意識のうちに両手を後ろに隠していた。

「オルガ！　こっちに来い！」快活な声を上げたのはレフラーだった。酒のおかげで舌の動きが軽やかになったレフラーは、他の隊員たちにオルガにまつわる自慢話を披露していた。オルガは助け船を得たように、ほっと表情をほぐし、レフラーの方を向いて返事をした。

「あの」オルガは振り返った。どこか不安げな目をしていた。

「すみません」しかし、オルガはそのまま頭を下げ、レフラーのもとへ急いだのだった。

## 6

「あっ、オルガ様。お帰りなさい」当主の部屋で先月の売り上げをまとめ終え、レイナのもとに向かおうとするオルガに、一人のリリオが嬉しそうにドレスを抱え、声をかけてきた。

「あぁ、そうか。今日だったか」オルガはそのリリオが出てきた広間の方に目をやった。そこには広間いっぱいにドレスや化粧道具が並べられていた。この日は、月に一度の行商人たちを招く日だった。外に出たがらないリリオたちのためにと、先代のアーベルが始めたのだった。そこではリリオやケイルが楽しそうにドレスにそでを通したり、化粧道具を試したりしていた。オルガはその中でもひときわの人だかりに目を留めた。

「あれは？」オルガは人だかりを指差して訊いた。

「あぁ、東の国の商人が持ってきた鏡だそうです。自分が心から欲しているものが見えるそうですよ。私も気になっていたんです。オルガ様も行きましょ！」そのリリオはオルガの手を引き、興奮気味に駆け出した。

オルガに気づくと、人だかりはたちまち散り散りになり、皆がオルガに順番を譲った。

「私に構うな。そのままでいい」オルガはその手を払い、リリオを咎めた。

「まぁまぁ、そうカッカッせずに、あなた様もどうぞ」鏡を両手で持った妙に愛想のいい男は独特の訛りで言う。ここでオルガが鏡を覗かなければ、他のリリオに順番が回りそうもなかった。

「……心から欲しているものが映ると聞いたが？」オルガは、初対面にもかかわらず不気味なほどに愛想の良いこの男を不審に思いながら訊ねた。

「さようにございます」男はにこやかに答える。

「……どんな仕かけがあるんだ？」オルガはまた訊いた。男は何も答えず、微笑んでいる。

「……それを知ってどうなると言うんだ？」オルガはさらに質問をぶつける。

「後ろが閊《つか》えております。ささ、どうぞ」男はオルガの質問には答えず、鏡をオルガの前に差し出した。オルガは後ろを見た。列が先ほどよりも長くなっている。オルガは顔を戻し、男を見た。男は、さぁ、というように、鏡をさらにオルガの方に突き出してくる。オルガは男と鏡を順に見つめ、躊躇《ためら》いながら鏡を覗き込んだ。しかし、次の瞬間オルガは思わず息を飲んだ。咄嗟に右手で鏡を押し戻し、尻餅をつく男に構うことなく、早足に人だかりから離れた。

部屋の隅までやってきたオルガは目を剥き、立ち尽くしていた。鏡に映し出されたのはレイナだったのだ。

「……オルガ様、どうかされました？」オルガの様子を心配した一人のリリオが、オルガの様子を窺うように訊ねてきた。

「いや、大丈夫だ……」オルガは平気を装い、作り笑いを浮かべた。

「そうですか。何がお映りになったんですか？」リリオの質問に特別な意図はなかったはずだ。間を持たせるための挨拶のような儀礼的なものだったのだろう。しかし、オルガは答えられなかった。リリオはオルガの異様さに訝る顔になった。声をかけてしまったことを後悔している顔だ。

「そうです」苦し紛れに、リリオは発見の声を上げた。

「きっとすべて手に入れているということですね」そうだ、そうだ、と自らに相槌を打ちながら、リリオは逃げるようにその場から去っていった。

「いやぁぁぁ！」その時、広間に悲鳴が響き渡り、一人のリリオがすごい勢いで広間を出ていった。

「……イヴ様？　どうしたんだ？」オルガははっと振り返り、困惑するリリオを捕まえ、訊いた。

「えぇ、鏡を見ておられました。そうしましたら急に……」リリオはおろおろとして答えた。オルガは向き直った。しかし、そこに先ほどの男の姿はなかった。男はこの騒ぎの中で忽然と姿を消していた。

## 7

その数日後、事件は起きた。

「オルガ様！」支度を終えて客間に向かう途中で、二人のリリオが血相を変えてオルガのもとへやってきた。リリオたちはオルガの前で立ち止まり、膝に手を当て、息を切らしている。一人の衣服に不自然な赤黒いシミがついていた。

「どうかしたのか？」オルガは眉を顰《ひそ》めた。

「イヴ様がご乱心で……」リリオは声も絶え絶えに言った。

「乱心？」

「はい。ランセン将軍の部屋に突然押し入り、切りかかってきました。今夜、ランセン将軍のお相手に指名されたアネッタも刺され、怪我をしております」

オルガは目を見開いた。

「案内しろ！」オルガはリリオたちと共に走り出した。

「あぁぁぁ！」辿り着いたその部屋では、プローゼの一人であるイヴ・ギルマンが奇声を上げながらナイフを振り回していた。見開かれたその目は血走り、明らかに常軌を逸していた。リリオたちは怯え、泣いている者もいる。客人であるランセンは壁を背にして座り込み、血の滲んだ左腕をだらりとさせながらも、右手に握られた銃をしっかりとイヴに向けていた。

「何をしている⁉」オルガは叫んだ。その部屋にいた者たちは立ちどころにオルガに注目し、少し遅れてイヴの血走った目がオルガを捉えた。オルガは踵の高い靴を鳴らし、近づいていく。他のリリオたちの制止を無視し、ランセンとイヴの間に割って入り、ランセンの銃を下ろさせた。

「そいつが悪いんだ！　私を捨てたから！」イヴがヒステリックに喚いた。オルガは背後のランセンを見た。

「馬鹿なことを言うな！　お前など息抜き以外の何でもないわ！」ランセンは必死の形相で反論する。オルガは呆れ、辟易したようにかぶりを振った。男女の情事でできているこのアルカディアにおいて、このような痴情のもつれは珍しいことではなかった。

「殺してやる！　私のものにならないなら、この手で殺してやる！」イヴは涙をボロボロこぼしながらナイフを振り上げた。ランセンはまた銃を握る手に力を込める。

「恥を知れ！」オルガはランセンの銃を押さえ、イヴを睨み上げるようにして怒鳴り声を上げた。イヴの顔面が硬直する。

「仮にもプローゼを名乗る者が、よくもこんなみっともないことができましたね？」オルガの低い声が、部屋の空気を震わせる。射抜かれてしまいそうな視線に、イヴは顔を歪め、足を引きずるようにして、後ずさりを始めた。

「ナイフを捨ててここから出ていけ!!」オルガはまた怒鳴った。広間の空気が水を打ったように静まり返り、時計の針が走る音が聞こえてくる。イヴは瞬きもせずに、血走った目でオルガを凝視している。

「ナイフを捨ててください。事情はどうあれ、私がここにいる限り勝手なことは許しません」オルガは怒りに燃える眼差しを送る。イヴは怯えたように身を引き、開ききった目を自らの右手に握られたナイフに向けた。

「ナイフを捨ててください」返答のないイヴに、オルガは声を大きくする。イヴの目がぎょろりとオルガを捉えた。唇を噛みしめ、両手に力を込める。

「あぁぁぁ!!」次の瞬間、イヴはまた奇声を上げてナイフを振り上げた。そこにいたリリオやケイルたちは息を飲み、顔を覆い、悲鳴を上げた。

「バーン!!」

火を噴いたのはランセンの銃だった。イヴがその場に倒れた。辺りがシンと静まり返る。

息が詰まるような時間が流れた。

「イヴ様!!」オルガはイヴのもとに駆け寄り、つぶさに状態を確認した。銃弾はイヴの肩をかすめただけだった。オルガはキッと振り返り、怒りに目を吊り上がらせた。

「な、何だ？　俺が悪いって言うのか⁉」ランセン自身も、発砲してしまったことに動揺していた。

「その勘違い女が悪いんだろう⁉　俺がどの女を買おうが関係ない！　切られるは、罵られるは、被害者はこっちだ！」ランセンは唾を飛ばし、壁を支えにして、立ち上がる。

「何回か相手させただけで人の女面しやがって。プローゼだ何だと言ったところで、その辺の娼婦と何ら変わらないじゃないか。金ばかり巻き上げやがって」

リリオたちの嫌悪感や冷たい眼差しが、一直線にランセンに向かう。オルガはすっと立ち上がり、ランセンと対面した。

「うちの者が大変失礼をいたしました。医者へお連れいたします。車をご用意いたしますので本日はお引き取りください」オルガは頭を下げた。

「お、俺を追い出すって言うのか⁉」ランセンの顔に朱が差した。オルガは頭を下げたまま何も答えない。

「娼婦が調子に乗るなよ！　貴様など軍の後ろ盾がなければ、何でもないんだ！」怒り狂ったように喚き散らすランセンに、オルガはゆっくりと上体を起こし、その顔をしっかりと見て微笑んだ。

「それでは皆様によろしくどうぞ」

ランセンは面食らってしまった。オルガはその穏やかな表情のまま、怒りの眼差しをランセンに送っているリリオたちに告げた。

「ランセン様がお帰りです」


ランセンが去った部屋でふっと吐息を漏らしたオルガは、沈黙を破るように声を発した。

「この件は私が片づける。他言しないでくれ。イヴ様と話した後、私が若旦那様とレイナに報告する」オルガは広間を見渡した。芯のあるよく通る声だった。そこにいる皆が真剣な面持ちで、はい、と短く返事をして、また動き出した。

誰もいなくなった部屋で、オルガは何げなく髪を掻き上げようとして、手を止めた。髪飾りが指に引っかかった。あぁ、私はこれから客を取るのだったな、と思い出し、取れかかっていた髪飾りを外した。

今朝方早く出かけていった当主のカレルは、今夜は帰らない。オルガは眉根を寄せた。オルガの知っているイヴ・ギルマンは大らかで知的な女だった。そんなイヴがなぜこんなことをしたのか。何が彼女をあそこまで追い詰め、狂わせたのか。オルガは虚空を睨み、黙考した。その足元には、イヴが握っていた血のついたナイフが転がっていた。

## 8

次の日、イヴが客人たちの前に現れることはなかった。

閉門後、オルガはイヴの部屋を訪ねた。

「こんな時間に申し訳ありません」オルガはまず非常識な時間に訪問したことを詫び、頭を下げた。

「時にイヴ様、いったいどうされたのですか？」オルガはベッドに横になるイヴをいたわるように訊ねた。

イヴは力なく瞬きを繰り返し、「……子ができたんです」と、静かに口を開いた。オルガは、えっ、と小さく声を上げた。

「子供ができたんです」イヴはもう一度そう言って、辛そうに目を閉じた。

「私、子供ができたんです。相手はランセン様。私にはわかります」イヴはゆっくりと目を開けた。その青い目には、うっすらと涙の膜ができていた。

「若旦那様には産みたいと申し上げました。たとえどうなろうと、私の子です……しかし、毒を盛られました」イヴの目から、一筋の涙がこぼれた。オルガの目が強張る。

「若旦那様か……」オルガは苦々しい声を出した。イヴが弱々しく頷く。

「子は流れてしまいました……私、嬉しかったんです。こんな私でも一丁前に一人の女になれた気がして。ランセン様にも打ち明けました。しかし、あの方は、お前も同じか、と言って私のもとから去っていきました」イヴは寂しそうに笑い、また涙をこぼした。オルガは忌々しげに唇を噛み、黙り込んでいる。

「……オルガ様はどうしてそんなにお強いんですか？　何かにすがりつきたくなることはないんですか？」不意にイヴが訊いた。オルガは顔を上げた。唐突な質問に、言葉がすぐには出てこなかった。

「すごいと思います。アーベル様亡き後、お一人でここを守られて。過酷な身の上でありながら、弱さを見せずに三百もの女たちを率いて、皆から慕われて」イヴは顔だけをオルガに向けた。オルガは下を向き、何と答えるべきか、悩んでいるようだった。

「私だったら、逃げ出してしまうでしょう」イヴは小さく呟いた。

「……そんなに大それたものではありませんよ」ため息と共に、オルガは疲れた声を吐き出した。イヴが疑問符のついた目でオルガを見る。

「私だって同じです。自分がいつ弱さに蝕まれてしまうのかと怖くて堪らない。私は自分で勝手に作り上げたこの使命感だけで綱渡りをしているんです」オルガは口元だけに笑みを浮かべた。

「運命なんて陳腐な言い訳をしたくない。ただここで時が経つのを待っているだけの人生にどうにかして意味を見出したい。それだけなんです」オルガは窓の外を見つめた。

「……そうですか。申し訳ありませんが、そろそろ休ませてもらっても良いでしょうか？」

イヴは何かを悟ったようだった。

「長々と申し訳ありませんでした」オルガは頭を下げ、イヴの部屋を後にした。

その翌日だった。イヴはアルカディアを抜け出し、グレスフォードの外れの、中央司令部の建物を眺望することのできる橋の上から、身を投げたのだった。

# 9

「オルガ、入るぞ？」どうせ呼んでも返事のないことを知っているレイナは、何度か外で呼びかけた後、オルガの部屋のノブを回した。オルガは窓辺に椅子を運び、そこで本を読んでいた。

「聞こえているんだろう？」レイナは、まったくといった様子でため息を吐き出した。

「……今日は店は休みだし、お前に小言を言われる筋合いはないはずだ」オルガは手元の本に目を落としたまま、むすりとした声を出す。

「話があるんだ」めげずにレイナは続ける。しかし、オルガはレイナの話になど興味はないといった具合で、本の文字を目で追い続けている。

「なら、勝手に話す」レイナは顧みず、話し始めた。

「アイナというリリオのことはお前も知っているだろう？　来週一人で客間に出ることが決まった娘だ。実はな、今その娘にちょっと困っていてな……」レイナは言いにくそうに語尾を濁した。オルガは視界の端でちらりとレイナを確認し、「何に困ると言うんだ？」と関心もなさそうに訊ねた。

「……それがなぁ……」レイナはまた言いにくそうに唇を曲げた。すると、オルガはゆっくりとレイナを見上げた。早くしろと、目が言っている。オルガはレイナの前ではいつもこうだった。

「……実は、客を取りたくないと相談をされていてな……その、好きでもない男に抱かれるのは嫌だと言うんだ」レイナは弱りきった表情で答えた。しかし、オルガはその生意気そうな目を逸らそうとしない。それで？　と、さらに催促してくる。

「……俺に抱いてほしいと言うんだ」

この瞬間、これまでに感じたことのない衝撃がオルガを襲った。オルガは素早く顔を伏せた。

「俺に知っていてもらえれば、客を取ってもいいと、そういうことらしいんだ」

オルガは必死に心を静めようとしていた。心が浮足立つ。ざわざわと何かに逆撫でされる感覚があった。馴染みのない感覚に、気味の悪ささえ覚える。

「……なら、そうしてやればいいだろう？」気づくと、こんな言葉を口にしていた。レイナは予期しない言葉に目を見開いた。

「何をそんなに驚いているんだ？　その娘がそれを望んでいるのなら、それに応えるのはお前の務めだろう？」オルガは飄々と言う。心を置き去りにして、口だけが勝手に動く。いったいどこからこんな言葉が出てくるのだろう。自分自身に、ただただ感心していた。

「しかし、俺はあの娘を愛していないんだぞ？　結局、傷つけるだけだ」

「愛？」オルガは失笑し、首をすくめる。立ち上がり、レイナの胸に人差し指を突き立てた。

「あの娘にはもう客がついている。ここで客を取りたくないだのとごねられては、商売あがったりだ。愛だ何だと青臭いことをぬかす暇があったら、お前が何とかしろ」

レイナはオルガから顔を背け、渋面を作った。オルガはレイナのそんな顔を見上げながら、ふとあの鏡のことを思い出した。

「……行くぞ」オルガは歩き出した。

「おい！　待て！　行くってどこに」

部屋を出たオルガは、レイナの前をすたすたと歩き続ける。

「オルガ！　おい、どこに行くって言うんだ！」レイナはオルガの腕を掴み、体を自分の方に向かせた。

「その娘のところに決まっているだろう」オルガの口調は明瞭だった。だからどうした、とでも言いたげな視線を投げてくる。オルガは煩わしそうにレイナの手から自分の腕を引き抜いた。レイナはオルガの内心の動揺に気づいていない。どうして気づいてくれないんだ、と声を上げたくても、オルガにはその方法がわからない。

「はぁ？　お前、何を考えているんだ？」

「今からその娘を抱け」素っ頓狂な声を上げるレイナに、オルガはにべもなく言った。アイナというリリオは、オルガができなかったことをいとも簡単に言葉にした。あんな娘が羨ましくて堪らない。レイナは絶句していた。

「それが、ここでしか生きられないお前の務めだ」オルガは怒っているような、軽蔑しているような、どちらとも取れる目をしていた。それはレイナに対してか、はたまた嫉妬に狂う哀れな自分自身に対してなのか。

「ほら」その部屋の前まで来ると、オルガはレイナの背中を押した。レイナは浮かない表情でドアの前で立ち尽くしている。

「……本当にこれでいいのか？」レイナは訊ねた。

「早く行け」オルガは面倒臭そうに語調を強める。すると、レイナはふと寂しそうな目をすると、静かにドアをノックし、オルガはその場を離れた。

「……はい？」部屋の中から女のか細い声が聞こえた。

「俺だ。いいか？」

「えっ……」ゆっくりとドアが開き、一人の娘が遠慮がちに顔を出した。オルガからその娘の表情を知ることはできない。二人はいくつか言葉を交わし、吸い込まれるように部屋の中に入っていった。

オルガは物音を立てずにドアに近づいていき、そっと耳を近づけた。女が何か言っている。間もなくして、女の幸せそうな吐息が漏れ始めた。確認を済ませると、オルガはすぐにその場を後にした。

廊下の角を曲がったところで、オルガは自分の目から涙がこぼれていることに気がついた。オルガは足を止め、壁に手をついた。何が心から欲しているものを映し出す鏡だ。息を継ごうと、小さく口を開いた瞬間、オルガはその場に崩れた。立っていられなかった。ただひたすら、胸が引きちぎられるように痛んだ。

# 10

ドアを開けると、丸いテーブルの前にカレルが陣取り、その後ろにはレイナが後ろに手を組んで立っていた。その向かいには見覚えのない男が、椅子の背もたれに体を預けるような、だらしない姿で腰かけている。男は左目に眼帯をしていた。

「オルガです」カレルの隣に並ぶと、オルガは軽く頭を下げた。よく見ると、その男の眼帯の周りには火傷のような痕が広がっていた。

「挨拶などいい。早く座れ」カレルが急かすようにオルガの前の椅子を顎で示した。妙に落ち着きがない。これはどうも穏やかな話ではなさそうだ。オルガがカレルの様子を窺いながらその男の右隣に座ると、男は執拗にオルガを見回した。爬虫類のような冷たい目。上から下へと、まるでオルガを品定めしているようだった。オルガは居心地の悪さを感じ、知らず知らずに身をすぼめていた。

「先日のクルシュマン邸への訪問、実に美しかった」男は言った。

「……ありがとうございます」オルガはまた頭を下げた。不気味な男だと思った。

「ではボガード様、オルガも来たことですし、本題に移りましょうか」カレルが不敵に笑った。オルガはカレルに横目を向ける。すると、そうだなと応じるように、ボガードと呼ばれる男は身を乗り出し、頬杖を突いた。

「オルガさんよぉ、あんた、国を変えてみたいと思ったことはないか？」とオルガを鈍い光が宿った目でしっかりと捉え、にやりと歯を見せた。オルガは小さく口を開けた。えっ、という形をしているが、声は出ない。オルガは生唾を飲み込み、またカレルを見やる。カレルは目をつむり、ボガードの話にただ耳を傾けている。オルガは顔を戻し、ボガードを見た。

「言い方を変えようか……あんた、自由になりたくないか？」

オルガの目が大きく見開かれた。しかし、それもほんの一瞬で、オルガは顎を引き、表情を引き締めた。こんな話を持ちかけられるのは初めてではなかった。

「おいおい、そう身構えるなよ」ボガードは危機感の感じられない声を出し、尻を浮かせて、椅子に深くかけ直した。

「人間って奴は不幸だから幸せを求め、不安だから安心を求める。そして、不自由だから自由を求める。違うか？」ボガードは試すような目でオルガを見る。オルガは攻撃的な目をボガードから逸らさない。なめらかに動くボガードの口元を見つめながら、頭を回転させていた。どこに働きかければこの状況を打破できるだろうか。しかし、今回は少し違っていた。自由にしてやる。その言葉が頭に引っかかり、消えてくれない。オルガは両手をギュッと握りしめ、カレルに視線を移した。カレルの顔をこんな風にちゃんと見たのは久しぶりだった。カレルがいる。いつもなら何も知らずに蚊帳の外にいるカレルがこの不気味な男の隣で無邪気な笑みを浮かべている。オルガには、そんなカレルが友人たちの輪に初めて入れてもらえた気の毒な子供のように見えてしまった。オルガのカレルを見る不憫そうな目に、ボガードは思わず小さく笑いを漏らし、おもむろに腕を組んだ。

「オルガさん、あんたの客人たち、大した顔ぶれだ。軍上層部や各界の重鎮、大提督閣下までいる。もし、こいつらが一夜にして消えちまったら、どうなると思う？」

オルガは我に返ったように瞬きをして、またボガードを見た。その言葉の一つ一つをゆっくりと噛み砕くようにして飲み込み、ぐっと顎を引く。オルガの理解が追いついたことを確認し、ボガードは悦に入った顔になる。

「大提督が消えれば軍事国家のこの国は間違いなくパニックだ。頭を失った組織を潰すことなんてたやすい」ボガードは、なぁ、と嬉しそうに首を傾げてみせた。

「二月《ふた》後のあんたの誕生祝賀パーティー。さっき招待客の名前を見たが、大した顔ぶれだ。不足はねぇだろう」ボガードは、テーブルに置いてあった祝賀会の招待客名簿と思われる冊子を人差し指でトントンと叩いた。オルガは規則的にリズムを取るその指を見つめる。冗談ではなさそうだ。

話はこうだ。祝賀パーティーにやってきた何も知らない大提督はじめ、各界の重鎮たちを殺害し、混乱に乗じて上官が祝賀会に出かけ、手薄になっている中央司令部に攻め込む。この国は軍事国家だ。加えて、その中枢である中央司令部を手中に収めることは、言わずもがな国を落とすことと等しい。

「……本気か？」オルガは厳しい視線を投げつける。ボガードは返事の代わりににこやかに笑ってみせた。

「俺は腐ったこの国を変えたい。そのためにはあんたが必要だ」

「……ここで反乱を起こすのか？　軍を潰したところでこの国が変わるとは思えない」オルガは使命感に燃える目でボガードを睨みつけた。アルカディアを守るという使命。すると、ボガードはそんなオルガを小馬鹿にするように小さく肩を揺すった。

「もう、やめようぜ。この国は間もなく民主化にされる。どんなに足掻いたところで、あんたは捨てられ、ここはなくなるんだ」

馴染みのない言葉たちがオルガの耳を通過していく。ミンシュカ？　ステラレル？　ナクナル？

「……民主化？」気づくと、オルガは頓狂な声を出していた。

「やっぱり知らねぇか」ボガードは意味ありげににやりとし、「今、各地で民主化を求めるデモ活動が激化しているってのは知ってるだろう？」と、まるで小さな子供をあやすように、ゆっくりと切り出した。

「実は、こいつがすでに軍が押さえ込んでいられないほどのレベルまで来ている。軍や政府の高官の中にも先を見据え、保身のためにそっち側に内通している連中もいる。民主国家への移行は時間の問題だ。だが、もし、そうなれば、この軍事国家の世で成り立っていたものは排除される。それを経験した国たちがそうであったように。当然ここだって今の姿ではいられない。おそらく真っ当な扱いは受けず、軍事国家が生んだ負の遺産として歴史から消し去られるだろう」

オルガは息を止めてボガードの話を聞いていた。排除される？　負の遺産？　歴史から消し去られる？　オルガは顔をヒクつかせながら、かぶりを振った。ボガードはそんなオルガを横目で見ながら、上着のポケットから煙草の箱を取り出し、それを一本くわえて火をつけた。

「信じられないなら、その高官たちの名前も教えてやるよ。あんたもよく知ってる連中だ。鎌かけてみるといい」ボガードは天井に向かって煙を吐き出し、オルガを見据えて、オルガもよく知るその名前たちを滑舌良く発音した。オルガは俯いたまま記憶を遡る。言われてみれば、確かにその者たちに不自然な行動や言動があったような気もする。しかし、こうして考えると、普段は気にならない些細なこともどんどん疑わしく思えてくる。何より、なぜ自分が国に捨てられるのか。そんな疑念が、これまで抑え込んできた数々の不満を刺激し、爆発させようとしていた。

「……もう、いいんじゃねぇのか？」

オルガが顔を上げると、そこにはボガードの憐憫の眼差しがあった。

「あんたはいつも利用される。担がれて、背負わされて。きっと今度のこともそうだ。どうして奴らがこの話をあんたの耳に入れねぇようにしてきたのか、どんなやましい思いがあるのか、よく考えてみろよ」

「……お前を信じると言った覚えはないはずだ。初対面の人間の話を鵜呑みにするほど、純情な生き方はしていない」そうだ。そんなこと、今に始まったことじゃない。利用されることも、担がれることも、背負わされることも。しかし、どうしてこんなに心が騒ぐのだろう。オルガは自身が得体の知れないものに侵食されていくような、薄気味悪さを感じていた。すると、ボガードは、やってられないと言わんばかりに乱暴に頭を掻きむしり、オルガに憐むような目を向けてきた。

「あんたにそんな運命を強いたのは誰だ？　国だろう？　軍だろう？　あんたの影響力を恐れた奴らは人質を取り、汚名を着せて、あんたをここに縛りつけた。ここで腐って死んでいくことを強いた。あんたは自分を殺し、自分の存在意義をここを守ることに見出した。頼る者はない。弱さなんて見せられない。そんなことをすればいつ誰に食われるかわからない。あんたはひたすら一人で戦ってきた。違うか？」

「……っ違う！」オルガはテーブルを両手で叩き、勢い良く立ち上がった。興奮で顔が紅潮しているのがわかる。椅子が倒れ、その音に反応して、カレルがむくりと顔を上げた。

「わかったような口を利くな！　私はこの運命が誰かのせいだなどと考えたことはない！　私がここにいるのは私の意志だ！」オルガは声を張り上げた。私がここにいるのは私の意志なのだ。私がここを守るのだ。オルガは確かめていた。ボガードの言葉の一つ一つで、オルガの心の統率が乱れ始めているのは明らかだった。ボガードは、そんなオルガの反論を目をつむって楽しそうに聞いている。こめかみの辺りをトントンとリズミカルに叩き、その余裕とも言える態度が、さらにオルガを苛立たせる。

「カレル様！　あなたはここが、お父上の残したこのアルカディアがこんなテロリストの道具にされても良いのですか⁉」オルガの甲高い声が今度はカレルに向けられた。すると、カレルは冷ややかな目でオルガを見返し、「構わないさ。遅かれ早かれここはなくなるんだ。だったら私のこの存在のもとで終わらせてやる。最後の様を見てみたい。ねぇ、ボガード様」そう言って唇の端を上げ、ボガードに目配せをした。

「そんな……」オルガは、信じられないと言わんばかりに目を見開き、首を横に振った。

「座れ」ボガードがゆっくりと目を開けた。オルガは、なおもカレルの説得を試みようとしている。

「座れって言ってんだ」どすの利いた、その低く響きのある声に、オルガは思わず身を震わせた。冷徹な光を放つ一つの目。本当の犯罪者というのはこんな目をしているのか。心底怖いと思った。これまで知ったつもりでいた。しかし、実際には何もわかっていなかった。灰皿に置かれた煙草から、一筋の煙が立ち上る。オルガは恐る恐るレイナが戻した椅子に腰かけた。

「勘違いすんなよ。はなからあんたに選択肢はねぇんだ。当主様がこう言ってるんだ。お前さんはそれに従うだけだ」

「そうだ。オルガ、捨てられる前に喉笛に噛みついてやろう。私が新しい時代を作るんだ。父上にもお前にもできなかったことを、この私が成し遂げるんだ」カレルは興奮した様子で鼻の穴を膨らませた。オルガはこの時初めてカレルという人間を見た気がした。きっと、この人はずっと見ていたのだろう。その輪に自分がいないことに疎外感と不満を募らせながら。この人をここまで追い詰めてしまっていたのか。オルガは思わず右手で額を押さえ、目を閉じた。眩暈がした。

「奴らがこれまであんたにしてきたことを考えれば、妥当だ。むしろ、まだ足りねぇくらいだろう。奴らは死をもってあんたに償い、あんたは自由を手にする。胸を痛める必要もない。あんたは何もしなくていい。ここでただその日が来るのを待っていればいいんだ。その日が来たらここを捨てて、逃げればいい」ボガードはそう言い終えると、満足そうにまた煙草をくわえた。奴らがこれまで私にしてきたことを考えれば、妥当。オルガは目を開け、その言葉を反芻した。そうかもしれない。そう思った途端、耳の奥で小さな音が聞こえた。それは、カタン、であったか、パチン、であったか、とにかく聞いたことのない音だったが、おぼろげに何かが弾け飛んだのだなと理解した。オルガはカレルの後ろのレイナを見た。まるで助けを請うかのような、弱々しい眼差しだった。興奮するカレルはそれに気づかない。その隣で波立たない顔で佇むレイナもまた、オルガのその視線に気づくことはなかった。ボガードはその三人三様の有様をくわえ煙草で眺めていた。

「七月十三日。運命の日になることでしょう」そう誇らしげに宣言すると、カレルは声高らかに笑った。ボガードは、そうだな、と軽く応じ、狡猾な笑みを浮かべた。

## 11

「ボガードの話は嘘ではないようだ」アルカディアの中の道場で素振りをするレイナの背中に向かってオルガは言った。オルガは柱に寄りかかり、腕を組んでいた。レイナに驚いている様子はない。常にと言っていいほどカレルの行く先々に同行していれば当たり前かとも思ったが、オルガは憤りを隠せなかった。

「レイナ、お前、本当に上手くいくと思っているのか？」

「……おそらく無理だろうな。たとえ上手くいったとしても、ボガードはきっと他に何か企んでいるだろう」レイナは手を止めて、汗を拭きながら答えた。オルガはキッと目くじらを立てる。

「……なぜ止めない？　若旦那様が咎人になるかもしれないのだぞ？　アーベル様が残したここで反乱が起きるのだぞ？」

「若旦那様か……」レイナは声ともため息ともつかないものを吐き出した。オルガは首を捻り、意味がわからないような表情をしてから、その先を促すようにレイナの顔をじっと見つめる。

「……カレル様は先代のアーベル様より優れた当主になりたいと、アーベル様がまだ健在だった頃からそう思っておられる。しかし、あの方は未熟だ。お前をはじめ、他のリリオたちも皆そう思っている。付き従う者は少ない。カレル様はそれを認めるのが嫌で嫌で、仕方なかったのだろう。先代よりもっと優れた男に。そう思っていたところに現れたのがあの男だ」レイナはオルガを見た。その表情は、やけに痛々しいものだった。

「……私が追い詰めたのか？」

オルガの問いにレイナは苦しそうに目を閉じ、首を横に動かしただけだった。

「カレル様はあの男に食われてしまった。俺にはもうあの方の目を覚まさせることはできない」レイナはオルガに背を向け、月を見上げた。オルガはレイナのもとに歩み寄り、その隣で同じように月を見上げた。満月ではなかった。いびつな形の月だった。その不完全な様子が、カレルを連想させた。

「……なぁ、オルガ。ボガードの言うように、このまま二人で逃げないか？」不意にレイナは月を見上げたまま言った。オルガの心臓がドクンと跳ね上がる。オルガは困惑の目でレイナを見た。レイナはその視線に気づき、オルガの方に顔を向けると、優しく微笑んだ。

レイナはアルカディアで生まれた。母親は下級のリリオだった。母は客人との間にレイナを身ごもり、他のリリオたちがそれをかくまった。しかし、母はレイナを産んですぐに衰弱して亡くなり、当時カレルを産んでまだ間もなかったアーベルの妻がアーベルの心配をよそに自分が育てると言って引き取ったのだ。レイナもまた、アルカディアの裏の顔を細部まで知っている。ここでしか生きられないのだった。

「二人でアルカディアを出て、違う人間として生きていかないか？」レイナは真剣な顔でオルガを見つめた。

「……お前まで何を言っているんだ？　やめろ」オルガは顔を引きつらせながら、後ずさりをする。

「オルガ、一人の男と女として、ここではないどこかでやり直さないか？」しかし、レイナはオルガから目を逸らさず続ける。

「……やめろ！」オルガは耳を覆い、癇癪を起こすかのように喚き声を上げた。

　オルガはあの日覚悟を決めた。あれは十九歳の時だった。その日、初代提督以来の切れ者と噂される七代目提督アレイン・ローが使いの者を大勢従え、アルカディアにやってきた。

「汝オルガ・ミュール、そなたをこのディルアス国、グレスフォード・アルカディアから出ることを禁じます」物々しい空気の中でローは重厚な声を放った。

「……どういうことですか？　意味がわかりせん。もうじき客人たちが見えるというのに、非常識にもほどがあるんじゃありませんか？」狐につままれたような表情のアーベルの隣で、オルガは高圧的に訊ねた。

「これ以上、そなたの好きにさせるわけにはいかないということです。そなたはいささか出しゃばりすぎた」ローは穏やかな表情で答える。

「……噂には聞いておりましたが、そんなに私のことが怖いですか？」オルガは挑戦的な物言いをやめない。目の前にいるのが大提督であることなど、気にもかけていないようだ。オルガは怖いものを知らない。これは間違いなく彼女の悪いところの一つだったが、自分のおかげでこの国は安寧を保てているのだという自負が、彼女にこんな態度を取らせるのだった。ローの表情が硬直した。背後の者たちからは、ぐっと息を飲むような気配があった。

「貴様！　調子に乗るなよ！」取り巻きの一人が興奮し、腰にぶら下げた銃に手を伸ばした。すると、ローはそれを左手で制止した。

「怖い……確かにそうだ。そなたがベッドの中で囁けば、男たちはそれを叶えようと躍起になる。罪人となることも厭わない者さえいる。羨ましいことだ。そなたなら死も恐れぬ軍団を組織できるのだろうな」ローはまた穏やかに微笑んで見せた。

「私にそんな軍団を組織する気など毛頭ございません……」そこまで言ったところで、オルガは気づいた。目の前のこの者たちが、初めからこちらの意見など聞く気のないことを。その証拠に、提督の後方に控えているレフラーが今にも泣き出しそうな顔で俯いている。オルガはすっと背筋を正し、少し顎を上げ、目の前の提督をはじめとする男たちを見渡した。

「……そうさせたい。死をも恐れぬ軍団を組織させないためではなく、組織していることにしたい。この国が良くないのは、オルガ・ミュールのせいだ。数多の男たちを手中に収め、軍を腐らせた。オルガ・ミュールがいなければこんなことにはならなかった」オルガのその一本筋の通った声に、アーベルは驚愕の表情でオルガを、次にローの顔を見た。

「あなた方は私を悪者に仕立て上げたい。自分たちは何も悪くない。そういうことなのでしょう?」オルガは冷笑を浮かべた。取り巻きたちはバツが悪そうに口をつぐみ、レフラーは両手で顔を覆った。当のローは口元に柔らかな笑みを浮かべたまま、短く息を漏らした。

「……最悪ですよ。とても惨めです。こんな小娘を恐れ、それならば悪者にしようなんて。そんなことをしなくては国民を繋ぎ止めることができないのですから」静かに言い終えたローは視線を上げ、しっかりとオルガを見返した。

「我々も必死なのだ」

「されど、ずいぶんと粗末なんじゃありませんか？　これだけの徒党を組んでやってきて口約束ですか？　念書は？　私はどこに血判を捺せばよろしいのかしら？」この期に及んでも、オルガはまだ強気な態度を崩さない。

「そんなものは必要ありませんよ」すると、ローは意味深な笑みを浮かべた。オルガの表情に、やっと変化が訪れる。

「もし、そなたがこの誓いに背いたのなら、我々は国軍の力を持って、この城を地図から消し去るでしょう」ローは憎々しいほどに、にっこりと笑ってみせた。オルガは言葉を失った。自分の置かれた立場を、この時やっと理解した。

「……本当に、そんなことができるのですか？」手に汗が滲む。

「こちらとしては、もちろんそんなことはしたくはない。これ以上国民に嫌われるのは国家存亡に関わるのでね。どうせできやしないと見くびってもらうのは勝手だが、気づいた時にはもう遅い。そんな事態は誰も望まないはずだ。そうではないか？　オルガ嬢」

　形勢が逆転した。オルガは答えなかった。ただ、刺すような視線をローに送っていた。

「……きっと、そなたくらいの気骨があれば、我々はこれほどまで国民に嫌われることはなかったのだろうな」ローは小さく呟いた。

「最後に何か言っておきたいことはないか？」去り際にローが振り返り、訊ねてきた。オルガは敵意のこもった目でじっとローを見つめている。

「司令部の少し先、ここからなら東側になるか。なかなか良い仕事をすると評判の鍛冶屋があってな。今後司令部の武器の類の手入れの一切を任せようと思っているんだ」

微動だにしないオルガだったが、黒目がかすかに震えた。その反応に、ローは顔を綻ばせた。オルガは憤りで耳が赤くなるのを感じた。目に火が灯る。震える唇が小さく動いた。

「……クソ野郎」

オルガはその身に百合の花を刻みつけた。

「これを消すために焼くとなると、きっと相当な痕が残るでしょうね。提督閣下にお伝えくださいな。私がここから逃げ出そうものなら、これを目印に探し出して殺すがいいと」

オルガは背後にアーベルらを置き、鏡で刺青の出来栄えを確認しながら満足げに笑った。

オルガは、どうすることもできない苛立ちを、自らの体を傷つけることで紛らわせようとした。それを覚悟として、その身に刻みつけた。しかし、今、その覚悟を目の前の男が揺き乱そうとしている。


「オルガ、俺は」

「やめろ！　それ以上言うとその頭ぶち抜くぞ！」オルガは甲高い声で叫び、背中から拳銃を取り出して、レイナに向けた。今にも泣きそうな顔で、喘ぐように息をしている。それが溢れてしまわぬよう、蓋が開かぬよう、必死で押さえている。レイナは驚く様子もなく、心配そうに顔を傾けた。

「オルガ、そんなものはもう捨ててしまった方がいいんだ」

「黙れ！　……お願いだ。頼むから……これ以上私の心を乱さないでくれ……」オルガは懇願するような声を出した。

「オルガ、共に生きよう」

「やめろぉ!!」

次の瞬間、レイナはオルガを強く抱きしめた。驚きのあまり、オルガの手から拳銃がするりと抜け落ちた。拳銃が床にぶつかり、鈍い金属音を立てる。

「……放せ‼」オルガはレイナの腕の中でもがいた。温かさがしみ込んでくる。全身から強張りが消えていく。抑えていたものが、一気に溢れ出す。涙が頬を伝った。

「もう、無理をしないでくれ」

心が融かされていく。オルガはレイナの背中にしがみついた。レイナはオルガを抱く腕にさらに力を込めた。

「これからは、俺がお前を守ってみせる」

## 12

「アルカディアに行くだぁ？　俺が行くわけねぇだろう」誘いに来たレフラーを、ブラガがはっと短く笑い飛ばした。レフラーは不満そうに唇を尖らせる。

「まだそんなこと言ってんのか？　何だかんだ言ったって、この間けっこう楽しんでたじゃないか？」

そこは中央司令部の一室だった。勤務を終えたレフラーは、同じく勤務を終えたブラガとオークレールを飲みの誘いに来たのだった。

「俺は商売の女には興味がねぇんだよ。もう二度と誘いになんか来ないでくれよな」ブラガは毒づき、後ろのオークレールを見た。

「お前も行かないよな?」

「……いや、俺行こうかな」オークレールはブラガを見ずに答えた。予想外の返答に、ブラガは思わずのけぞりそうになる。

「連れてってください」オークレールはレフラーを見上げて言った。勤務解放も手伝い、はつらつとした表情をしている。

「そうか! 行くか!」レフラーの表情もパッと明るくなる。

「ルカ! お前、どうしたんだよ⁉」

驚きで唇の端をヒクつかせるブラガに、オークレールは肩をすくめた。

「嫌だなぁ。お付き合いですよ。お付き合い」オークレールはブラガを窘めるように言って、席を立った。

「行きましょうか」

二人が出ていった部屋に一人ポツンと残されたブラガは唖然としていた。

「嘘だろ……」同時に疑念も湧いてくる。あんなに毛嫌いしていたアルカディアだぞ？

付き合いなんて柄でもない。何かある。ブラガは首を捻った。


「こんばんは。レフラーの旦那。……えぇっと……」現れたオルガはにこやかに挨拶をし、オークレールの前で首を傾げた。

「失礼ですが、お名前を教えていただけますか？」

「国軍少佐のルカ・オークレールだ。お前さんに会うのはこれが二度目か。サービスしてやってくれ」脇からレフラーが言った。オルガは感心したように、へぇ、という声を漏らし、大きな目をこぼれんばかりに瞠った。

「国軍少佐、ですか。まだお若いのに」

「いや、そんなことは」オークレールは照れ臭そうに鼻の横を擦った。

「さぁ、ルカ！　好きなものを飲みなさい！」レフラーは今宵も上機嫌で、ガハハ、と豪快に笑った。

レフラーはいつものようにリリオたちとはしゃぎ、オークレールにしきりに酒を勧めた。

やがて二時間ほどが過ぎた頃、レフラーは眠りに落ちた。

「あらあら、寝室までお運びしましょうか。レイナを呼んで」肩を叩いても反応がないほど熟睡しているレフラーを見ながら、オルガは髪を耳にかけ、側にいたリリオを見上げた。

そのリリオは短く返事をして部屋を出ていった。

「あまりこんなことはないんですけど」オルガはオークレールに困ったような笑顔を向ける。

「そうなんですか」オークレールは曖昧に頷いた。

間もなくして、リリオと共に一人の男が部屋に入ってきた。背の高い、鋭い目が印象的な男だった。男はオークレールに丁寧に頭を下げ、オルガと短く言葉を交わし、レフラーを抱えて立ち上がった。オルガも立ち上がり、それを支えた。男が、何かオルガに伝えた。オルガはそれに応えるように微笑み返す。不意に、オークレールの胸の中で何かが引っかかった。

「ねえさん、ここは俺が」オークレールは思わず立ち上がっていた。焦燥感に突き動かされる。この男に負けたくない。漠然とそう思った。

「お客様にそんな」オルガは遠慮気味に言う。しかし、オークレールはそっとオルガを退け、レフラーの腕を自分の肩に回した。

「ありがとうございます」隣の男が小さく頭を下げた。

「いえ、俺の上司なんで」オークレールは短く応え、いいですか、という合図で進み出した。オルガはその後をついてくる。

レフラーを運び終えると、男はまた頭を下げ、部屋を出ていった。気づくと、先ほどまでいたリリオたちの姿が消えていた。オークレールは部屋を見渡し、問うような視線をオルガに送った。

「先日ゆっくりお話しできなかったので、オークレール様とお会いするのは三度目ですね」オルガはにっこりと笑った。オークレールは目を丸くした。

「覚えていたんですかい？」

「思い出しました」オルガはにこやかに頷く。

「お茶でも淹れましょう」そう言うと、オルガはオークレールに座るように促し、お茶を淹れ始めた。

「もう十年以上も前になりますか」オークレールの前に紅茶を置いたオルガは懐かしそうに言った。

「ええ、田舎から出てきたばかりの頃でした。あれからずっと会いてぇと思っていたんです。でも、毎日必死でそんなことすら忘れちまってた」オークレールは両手でティーカップを包み、揺れる紅茶の波を見下ろした。

「立派な軍人さんになられましたね」オルガもカップに目を落とした。

「それはねえさんの方でしょう？　あの訪問の日、この街の人間が皆、ねえさん一人を見ていた」オークレールはあの日を思い出すような目つきで言った。オルガは苦笑を浮かべ、黙って首を横に振った。

「私たちはここでしか生きられないだけです。そんな私たちがなぜこんなにもてはやされるのか、甚だ疑問です」

オークレールはどう答えればいいのか考えていた。オルガの言っていることはオークレールにもわかる。自分だってそう思い、ここに通うレフラーを毛嫌いしていた。しかし、今自分はこれを肯定すればいいのか、はたまた否定すればいいのか。オルガの真意がわからなかった。

するとと、黙り込むオークレールを察してか、オルガは大らかな笑顔で語りかけた。

「ブラガ様たちとは、ずいぶんと長い仲のようで」

「あぁ」オークレールは思い出したように応え、あの日を懐かしむような優しい顔をした。

「俺たちは同じ田舎の出で、大将の呼びかけで軍人を志したんですよ」

「以前、レフラーの旦那がセーファスとルカは唯一無二の悪友だと、嬉しそうに話されておられました」オルガは顔を傾け、さざめくように笑った。オークレールは、参ったなというように恥ずかしそうに頭を掻いた。

「羨ましいです。長い人生でもそんなお仲間を得られることはそうそうないでしょう……そういえば、年の離れた姉上様がいらっしゃるとも伺いましたが」オルガは笑顔で続けた。

オークレールの顔が曇った。

「姉上は去年死んじまいました」

オークレールの暗く沈んだ声に、オルガの顔から笑顔が消えた。

「俺たちは幼い時に両親を流行り病で亡くしましてね。年も離れていたし、姉上が俺の親代わりでした。自分もあまり丈夫な方じゃねぇのに、昔から俺の世話ばっかり。婚期もすっかり逃しちまって、女の幸せを知らずに死んでいっちまいました」

オルガは、憂いのある表情でオークレールの話に耳を傾けている。すると、オークレールが不意にふっと笑った。

「ねえさんにこんな話したって仕方ねぇが、姉上はあのブラガの野郎に惚れてたんですよ。よくある話でしょう？　小せぇ時から遊んでた近所の兄ちゃんを気づけば自分の姉ちゃんが惚れっぽい目で見ていた。知らないのは当の弟だけ」オークレールはお茶を一口啜った。

「野郎もたぶん惚れてたんだ。でも、俺たちは軍人になると決めた。この国はまだ不安定で、いつ戦地に送られ、死んじまうかもわからねぇ。野郎は姉上を受け入れなかった。姉上は一人を貫き、とうとう去年死んじまった。当の野郎は姉上の葬儀にも来なかった。野郎を恨むのはお門違いだってことはわかってます。でも、やりきれねぇ……」オークレールはカップをテーブルに置き、考え込む顔になった。

「……私は、姉上様はお幸せだったと思いますよ？」オルガはオークレールのカップにお茶を注ぎながら、そっと声を出した。オークレールはその目を一層丸くしてオルガの顔を見た。

「オークレール様は、女の幸せって何だと思います？」オルガは訊いた。オークレールは瞬きもせずに、じっとオルガを見つめている。

「たくさんのいい男たちに思われ、愛されることです」オルガはしっかりとした口調で言った。オークレールは大きく息を吸い込んだ。

「あなた様、ブラガ様、きっとレフラーの旦那もでしょう？　こんないい男たちにこんなにも思い、愛されたなら、それこそ女冥利に尽きるではありませんか」オルガは、ねっと言うように顔を傾け、優しく微笑んだ。オークレールの顔が歪んでいく。堪らず、右手で両目を覆った。

姉のラシェルは最期の時にこう言った。

「私ね、とっても幸せよ。あなたのような素敵な弟を持てて、あの人たちのような優しい人たちに出会えて、だから今とっても幸せなの。ありがとう。あの人にも、そう伝えてね」涙を流して微笑んだ。

「……すいません」オークレールは呟いた。

ずっと誰かに聞きたかった。姉は幸せだったのか？　自分が姉の幸せを奪ってしまったのではないか？　でも、聞けなかった。だから自分に都合良くブラガにすべてを押しつけ、勝手に恨んだ。オークレールは、しゃくり上げて泣いていた。

「お茶に何か入っていたようですね。係の者をよく叱っておかないと」オルガはそう言って静かに自分のお茶を啜った。

アルカディアの大門が開くと同時に二人は城を後にした。寝起きでぼうっとしているレフラーとは違い、オークレールは何か吹っ切れたような、晴朗な顔をしていた。

「今日はお休みですか？」オルガはオークレールに訊ねた。

「えぇ、することもないんで鍛冶屋に剣でも出しに行こうかと思って」オークレールは笑顔で答えた。オルガの表情がピタリと止まる。

「……鍛冶屋、ですか？」

「司令部の先の通りの端にいい鍛冶屋があるんですよ」オークレールはその方向を人差し指で指した。オルガは少し目を伏せ、しきりに瞬きをしている。そんなオルガの変化に気づいたオークレールは眉を上げた。長い睫毛が瞬きの度に揺れ、蝶の羽を思わせる。

「知ってるんですかい？」

オルガは首を振った。

「以前聞いたことがあったなと思いまして」

顔を動かす度に一緒に揺れる長い黒髪から香水なのだろうか、花のような、果実のような、ほのかな香りが漂い、オークレールの鼻をくすぐった。前にも思ったが、オルガの笑い方には媚がない。見ているこちらがもっと自分だけを頼り、自分だけに笑いかけてほしいのに、と切なさを煽るような笑い方をする。

帰路の途中、そんなことを考えながら、オークレールは無性に振り返りたくなる衝動にかられた。鼻があの香りを求めている。羽ばたくような艶めかしい長い睫毛が、頭から離れなかった。

## 13

「お前さん、あの女に会いに行ったんだろ？」司令部の仮眠室で剣の手入れをするオークレールの背中に、ブラガは訊ねた。オークレールは大げさにため息をついた。

「……何が言いたいんです？」

「てめぇもあの女に丸め込まれたのか？　しっかりしてくれよ」ブラガはブツブツとぼやきながら、オークレールの背後に腰を下ろした。オークレールは手を止め、「……ブラガさんには関係ねぇじゃないですか」と背を向けたまま、むっとした声を出した。ブラガの目が、聞き捨てならないというように、オークレールをキッと睨む。

「関係ねぇって、お前なぁ、あの女がどんな奴かわかってんのか？」

「じゃあ、ブラガさんはねえさんの何を知ってるって言うんです？　ただねえさんのことが気に食わないだけでしょう？　でも、俺はそうじゃねぇ。押しつけないでください」オークレールは面倒臭そうに立ち上がり、部屋を出ていった。すっかりへそを曲げてしまったようだ。

「……クソ野郎」ブラガは呟き、煙草をくわえた。

レフラーの話では、ただ酒を飲んで帰ってきただけだということだった。しかし、レフラーも途中で寝てしまい、記憶がないという。オークレールは若いくせにすこぶる酒が強い。あいつが潰れるわけがない。何より、アルカディアから戻った後の、仕事に出てきた時の妙にさっぱりとした表情。

「あぁ、クソ！」ブラガは乱暴に頭を掻き、何か考え込むように視線を斜め下に落とした。

## 14

「そんなに不機嫌そうにしないでくれるか?」店主は迷惑そうにブラガを見上げた。ブラガは鍛冶屋の店先で不味そうに煙草を吸っていた。

「ルカに何も聞いてねぇか?」ブラガは店主をじろりと見る。店主はほとほと呆れた様子で顔を左右に往復させた。

「それが人にものを訊ねる態度かい?」

「うるせぇ! 訊いてることに答えろよ!」ブラガは声を荒らげた。店主は短くため息をつき、やれやれといった感じで訊いた。

「何も聞いちゃいねぇよ。何をそんなに焦ってるんだ?」

ブラガはぐっと押し黙り、「……ルカがアルカディアの女に入れ込んじまってるんだ」と、真顔で答えた。すると、店主はパチパチと瞬きをし、吹き出した。

「くっだらねぇ! 別にいいじゃねぇか。それで遊ばれても勉強だろう」

「良くねぇよ！」ブラガは鋭い声を上げた。

「あいつはガキなんだ！　それに相手はあのオルガ・ミュールだぞ⁉　ヤバい連中と繋がってるって有名な女だ。そんな女が意味なく俺たちみたいな金もねぇ芋軍人に近づくわけねぇだろ⁉」

途端に、店主の表情が固まった。しかし、それに気づかないブラガはさらに続ける。

「あの女はヤバいんだ！　何かあってからじゃ、おせぇんだよ！」ブラガは苛立った様子で腕を組み、真剣な表情ですっと視線を落とした。

「アルカディア……あそこは今も昔も国の暗部と深く結びつき、政府からも黙殺される放棄的空間だ。不当な人身売買によって取り引きされた女たち。公にできない取引が毎夜行われ、悪政を育む温床になっている。だが、あそこに手出しできる奴はいない。あそこで不当な利益を生み出している者とこの国の政治を動かしている者はほぼイコールだからな。手を出そうものなら跡形もなく消されちまうだろうよ。それでもって、そんなアルカディアの頂点に立つのがそのオルガ・ミュールなんだが」そこでブラガは渋い表情を作り、唇を結んだ。

「……だが、何だよ？」店主がじれた様子で訊ねる。すると、ブラガはわずかに躊躇いを見せながら口にした。

「……奴がヤバい女だってことは確かなんだが、奴が表立って動くようになってからこの国ではでかい紛争や抗争は一度も起きていねぇんだ。それどころか、ぱたりとやんでる」

「……その、オルガ・ミュールの仕業だっていうのか？」

「いや、奴は恨みはあってもこんなことする義理はねぇはずだ。俺にはさっぱりわからんね」ブラガは半ば投げやりにそう言って深いため息をつき、思い出したように小さく舌打ちをした。

「ただでさえ東部で襲撃だなんだってクソ忙しいっていうのに！」

ブラガのこの言葉に、店主は眉を顰めた。

「東方司令部が襲撃されたのか？」

「そうだよ。民主化を掲げた自称革命家たちにな。相当腕の立つ連中たちで、その一部はすでに中央に入ってるなんて噂もある」

「民主化？」

「そうだ。軍事国家から民主国家に移行してぇんだと。要するに軍を潰してぇんだよ。そんな時にあいつは女に現《うつつ》を抜かしてやがる」ブラガはふと視線を遠くへやった。

「……ボガードか」

聞き覚えのない名前に、店主は首を傾けてみせた。ブラガは首を横に振った。

「いや、こっちの話だ」

「中央は大丈夫なのか？」ブラガの様子からことの重大性を察したのだろう。店主は硬い顔つきで訊いた。

「中央を攻めるのは無理だ。あそこは各地から集められた猛者たちの集まりだ。正攻法では潰せねぇ」

「正攻法……」店主は考え込むように呟いた。あぁ、と頷いたブラガだったが、そこでやや首を傾げた。店主の様子がおかしい。そんな気がした。しかし、これといったことが思いつかなかったブラガは、判然としないまま鍛冶屋を後にした。

## 15

「ニーナはどうした？」支度の途中、オルガがケイルたちに訊ねた。ニーナとは、最近アルカディアに来た十二歳の少女だった。

「腹が痛いって部屋にいます」一人のケイルが不満そうに頬を膨らませた。

「そうか……」オルガは何か考えているようだった。

「ドレス、そこに置いといてくれ。すぐに戻るよ」オルガはケイルたちに笑顔で告げ、部屋を出た。

その部屋を開けると少女が膝を抱え、うずくまっていた。

「腹が痛いのか?」オルガは訊いた。少女は一瞬ビクッとしたが、顔を埋めたまま何も答えない。

「働かねば、ここにはいられないぞ?」オルガは続けた。

「……帰りたい。父さんと母さんのところに帰りたいよぉ」少女は消えそうな声で言った。

「それなら帰ればいいだろう? お前に帰る場所があるのならな」オルガは冷たく言い放った。少女がむくっと顔を上げた。オルガをキッと睨み、唇を噛みしめる。オルガは面倒臭そうにため息をついた。

「お前は捨てられたんだ」そう言って、少女を冷たく見下ろした。

「違う!」少女は金切り声を上げた。

「ニーナ、現実を見ろ。お前は両親に捨てられ、ここに売られた。ここを出てどうする？哀れな孤児として盗み、盗まれ生きていくのか？」オルガは少女を見下ろしたまま訊ねた。いつか、アーベルに言われた言葉だった気がする。オルガを睨みつける少女の目から、涙がボロボロとこぼれる。

「お前だけじゃない。ここにいる皆が様々な形で大切な者との別れを経験しているんだ」オルガは腰を折り、少女と目線を合わせた。真剣な目だった。オルガは少女の頭に優しく手を乗せた。

「泣きたいのなら泣け。でもな、必ず立ち上がれ。必ず見返してやれ。私は貴様らなしでもこんなに立派に育ったと、お前を捨てた奴らに言ってやれ」オルガは厳しい表情で言った。少女の目からは、次から次へと涙がこぼれ落ちる。

「……でも、ここにいても私は偉くなんてなれないんだ。みんな言ってる」

「なら、そんな決まり壊してやれ。ただし、並大抵の努力ではないぞ。時に血を吐くような思いだってするだろう。見たくないものを見て、それを受け入れて、たった一人で戦わなくてはならない。お前にできるか？」

少女が驚いたように顔を上げた。口を開けたまま、瞬きを繰り返している。

「人生なんて苦しいことばっかりさ。でも仕方ないじゃないか。それがこの世の常なんだから。抗ってもへこたれるだけなんだ。だったらそん中でぱっと派手に咲いてやろうじゃないのさ」オルガは少女の頭をくしゃくしゃにし、ゆっくりと立ち上がった。

「ニーナ、ここからの眺めはなかなか良いものだぞ。早く追いついてこい」オルガは挑戦的に微笑んで見せた。少女は洟を啜り、またオルガを見上げた。何かを決心したような目つきになっていた。オルガはそれを見届け、部屋を出た。

「エルキン様、こんばんは」今宵もオルガは客を取る。皆が様々な思いを抱えながら、夜はそれすらもゆっくりと飲み込んでゆく。

## 16

アルカディアの門が閉じられる午後十時前に、貿易商のエルキンはアルカディアを去っていった。オルガはそれを見送り、着替えを済ませると、アルカディアの中の喫茶室へとやってきた。ティーポットに湯を注いだオルガは、砂時計を逆さにし、砂が落ちていく様をぼんやりと眺めていた。

「そろそろ出てきたらどうだ？」オルガは扉に向かって言った。すると、扉が開き、暗闇からレイナが姿を現した。

「気づいていたのか？」

「世話役だからって何も四六時中見張ってなくてもいいだろう？　私ももう二十七になるんだぞ」オルガは苦笑した。レイナは決まりが悪そうに頬を掻いた。オルガは何も言わず、カップにお茶を注ぎ始めた。

「お前もどうだ？」

「……あぁ、それならもらおうか……」レイナはオルガの正面に腰を下ろした。

「ケイルに何か言ったと聞いたが」レイナはオルガの手元を見つめた。

「地獄耳だな」オルガは和やかな表情でお茶を二つのカップに交互に注いでいる。

「ずいぶんと晴れやかな顔をしていたが、お前は暗示でもかけられるのか？」レイナは口元に笑みを浮かべた。

「……暗示か。もし、そうなら私は生まれる時代を間違えたかもしれないな」オルガはポットを置き、カップをレイナの前に置いた。レイナはオルガをじっと見つめている。

「もっと違う時代に生まれていたら、私は神と崇められていたかもしれない。一国の主になっていたかもしれない」オルガはクスクスとおかしそうに続ける。

「……何も失わずに、国を変えられたかもしれない」

レイナは何も言わず、お茶を啜った。

「美味い」

オルガは整った眉を八の字に下げた。


二人は並んで月を見上げた。大きくて、今にも落ちてきてしまいそうな月だった。

「どこぞの姫君でも降りてきそうな月だ」レイナは呟いた。

「お前でもそんなこと考えるんだな」オルガは意外そうな顔でレイナを見た。

「……月に逃げることができたらと思うよ」レイナは静かに言った。オルガは何も言わず、レイナの肩にもたれた。

「レイナ、私はお前に惚れている。ずっと昔から」オルガはぼんやりと月を見上げた。月の力なのか。憑き物が取れたように、驚くほど素直になれた。

「……急になんだ？」レイナは驚きを隠せない様子だった。

「ずっと考えている。ボガードが現れてから。でも、どうすればいいのかわからないんだ」オルガはまたぼんやりとした様子で言った。

「……相手がいるなら戦えばいい。でも、それが時代の流れでは話は別だ。私がここにいるのは、それが少しでも意味のあることだと思ったからだ。でも、どうして私が棄民になるんだ？　もう嫌なんだ。お前の前で客を取ることも、その八つ当たりのようにお前を傷つけることも……」オルガは苦しそうに目を閉じた。レイナはそんなオルガを何も言わずにそっと抱き寄せた。そんな二人の後ろ姿を、カレルは扉の隙間からじっと見つめていた。

## *17*

「よぉ、用心棒さん。オルガさんの様子はどうだ？」カレルと今日の来客者名簿の確認を終え、カレルの部屋から出てきたレイナを待ち構えていたかのように、ボガードは廊下の壁に寄りかかり、にやりと歯を見せた。

「……ずっとそこで待っていたのか？　女みたいなことをするんだな？」レイナはボガードを一瞥し、そのまま廊下を歩いていく。その後ろをボガードは煙草の煙をくゆらせ、にやにやしながらついてくる。

「何が訊きたいんだ？」レイナは歩きながら訊いた。

「心中は穏やかじゃねぇだろうからな。オルガさんのこと心配だろう？」ボガードはもわりと煙を吐いた。レイナはフンと鼻を鳴らした。

「心配しているのはお前じゃないのか？　もし、オルガが保身で寝返れば、お前らの企みは水の泡だもんな」レイナは前を向いたまま、小さくほくそ笑んだ。ボガードの顔から笑みが消える。

「俺になんか訊かなくても、お前が一番オルガのことをよく知っているんじゃないか？オルガの監視に何人つけているんだ？」レイナは立ち止まり、窓の外を眺めた。城の中庭には、客に扮した不穏な雰囲気をまとった男たちの姿があった。

「一、二、三……今日は三人か……オルガが気づいていないはずはないだろうな」レイナはボガードを見据えた。ボガードはじっとレイナを見ている。怒りを噛み殺しているようにも見える。

「あいつはなかなかの剣の使い手だ。あいつには天賦の才があったらしくてな。体捌きといい、機転といい、並々ならなかった。貴様らの三下ごときでは相手になるかどうか」

オルガがレイナに剣術を教えろとせがんできたのは、アーベルが死んで間もなくのことだった。

「ダメだ」どんなに突っぱねても、オルガは頑として引かなかった。結局、レイナが折れ、様々な条件付きで稽古をする羽目になり、それは今も続いている。


「……ほぉ～、いいのか？　大事な商売道具にそんな物騒なもん叩き込んで」ボガードはフフンと鼻を鳴らした。

「オルガが自ら望んだことだ。手を抜いた覚えはない。逃げ出すと思っていたが、相当な根性の持ち主だった。なぜあいつがそこまで頑なに剣術に励んだのかはわからないが」レイナはまた外を眺めた。ボガードは企みのこもった目でじっとレイナを見ている。

「手下によく伝えておけ」レイナはそう言い残し、ボガードに背を向けて、また歩き出した。ボガードは舌打ちを堪え、壁に寄りかかった。

「伝えておけねぇ」意味深に呟き、鼻からゆっくりと息を漏らす。まるで悦びを押し隠すかのような、企みのこもった表情をしていた。

## 18

「こんばんは。お久しぶりです」

ぎょっとして目を見開いたブラガの前には、スカーフを被った笑顔のオルガが立っていた。

「本日の見回りの担当がブラガ様と伺ったので、お待ちしておりました」オルガは笑顔で続けた。

「……誰に聞いたのかっていうのは訊くまでもねぇか」ブラガは煙草をくわえ直し、嫌みっぽく唇の端を上げる。

「あんた、こんなとこフラフラしてていいのかよ？」ブラガは辺りを見回した。

「城から出たと言って捕えますか？　本当にそれができればですが」まるで用意をしてい

たかのように、オルガは即座に答えた。その無機質な笑顔から感情を読み取ることはできない。ブラガが訝しげな目つきになる。

「すごいと思いませんか？」オルガは首を傾けた。「私のこの体、こんなものがこの国の運命を握っているんですよ。コルキー国と、そのコルキーと結びつきの強いテルティア。この国々と友好な関係を築けているのは私の存在のおかげらしいではありませんか。あなた方からしたらこんな疎ましいことはないでしょうね。殺すことなんてできないんですもの。私が逃げないように脅しているだけですものね」

ブラガはじっと考えるように顎を引く。

「……お前さん、死にたいのか？」

「私が死んだら困るのは、そちらじゃないんですか？」間髪容れずにオルガは質問を返した。ブラガはぐっと言葉に詰まり、仏頂面をした。オルガは一瞬辺りを警戒する素振りを見せた後、表情をゆるめた。

「立ち話もなんですので」

そうして、終始オルガのペースで二人は城の地下のバーに入った。

「俺は一応仕事中なんだが」ブラガは軍服の襟をつまんで不満そうな声を出した。

「大丈夫ですよ。誰も来ませんので奥でゆっくりしていってください」カウンターの中から店主と思われる中年の女が、店の奥を指して笑顔で言った。

「あの者は昔リリオとして働いていたんです」オルガは女に、ありがとう、と言って、ブラガの方に向き直った。

「身内ってか？　あんたの周りは固い一枚岩なんだな」ブラガは片頬だけで笑った。しかし、オルガはブラガの嫌みに応じることはなく、たおやかに微笑んだ。

「私に訊きたいことが山ほどおありなんでしょう？　何かと理由をつけて見回りを下に押しつけてきたあなたが、自ら志願してやってくるくらいですものね」二人はテーブルを挟んで向かい合ってソファーに座り、オルガはブラガの前に紅茶を置いた。

「そんなに回りくどいことをせずに、部屋に呼んでくだされはいいのに」

「お前さんなんか指名したら、破産しちまうよ。俺に首くくらせる気か？」ブラガは早口でまくし立てた後、声を低くした。

「あんた、ルカをどうする気だ？　あんな芋軍人相手にしたところであんたに何の得もねぇだろ？」

オルガは自分の爪を眺めながら、クスクスとおかしそうに笑っている。

「……姉上様のお話をいたしました」

ブラガははっとしてオルガを見た。

「泣いておられました」オルガはブラガを気にせず続ける。

「……あいつが泣いた？」と言い返したと同時に、自分がすっかりオルガの術中にはまっていることに気づき、ブラガは苦々しく顔をしかめる。しかし、応じずにはいられなかった。

「姉上様は幸せだったのか、自分が幸せを奪ってしまったのではないか、と気に病んでおられました」オルガはカップを手に取った。

「……てめぇ、それで何て言ったんだ？」ブラガはオルガを睨み、低い声で訊いた。

「どうして受け入れてあげなかったんですか？」オルガはブラガを見ずに訊ねた。ブラガは目を剥き、言葉を飲み込んだ。

「受け入れてやれば良かったではないですか？」オルガはおいしそうにお茶を啜る。

「っ俺たちはいつ死ぬかもしれねぇ身なんだぞ⁉　そんな無責任なこと言えるわけねぇだろ⁉」ブラガが語気を荒らげた。

「では、誓ってやれば良かったではないですか。自分は死ぬかもしれないが、それでも精一杯お前を守ると」オルガのその飄々とした物言いが、ブラガをさらに苛立たせる。

「っだから！　そんな無責任な真似できるわけねぇだろって！」ブラガは右の拳でテーブルをドンと思い切り叩いた。カウンター内の女が心配そうにこちらの様子を窺っている。ブラガのカップから紅茶がこぼれ、怒りをぶつけた拳はプルプルと小さく震えていた。

「あなた様が思っているほど、女は複雑な作りではありません。女は正しいことなんかに興味はない。死ぬかもしれぬがついてこい。精一杯守ってみせる。惚れた男のその言葉に愛を感じれば、きっとどんな状況でも幸せなのではないでしょうか」オルガはお茶を拭きながら言った。ブラガは何か言いたげにオルガを睨んでいる。オルガは手を止めた。

「オークレール様は、あなた様が姉上様の葬儀にも来なかったとおっしゃっておられました。本当は、近くまで来ていたのでしょう？」

「……うるせぇ‼」ガシャンと大きな音と共にブラガが立ち上がった。ブラガは肩でフーフーと息をしている。自身でもこんなに興奮していることに驚いていた。ブラガは今にも泣き出しそうな顔でオルガを睨みつけ、大股で店を出ていった。

ああ、そうさ。ブラガは心の中で呟いた。

あの日、ブラガはオークレールの姉ラシェルの葬儀に来ていた。しかし、棺まで辿り着けなかった。他の者の前で泣くことなど死んでも嫌だった。情けない姿をさらすくらいなら死んだ方がましだと思った。

ブラガとラシェルは幼馴染みだった。家も近く、弟のオークレールの存在もあり、毎日のように一緒に遊んでいた。三人は成長し、いつしかラシェルはブラガを意識するようになっていた。それはブラガも同様だった。しかし、ブラガはレフラーたちと共に軍人を志し、田舎を出ることを決意する。

「私も連れていって……」

「迷惑だ」

目に涙を浮かべるラシェルに、ブラガは冷淡に言った。もちろん本心ではなかった。ブラガはただ、ラシェルの、自分が惚れた女の普通の幸せを願ったのだった。殺し、殺される、殺伐とした世界に身を置く自分には到底無理な話だが、普通に家庭を持って、普通に生きていってほしかった。いつも変わらず、穏やかに笑っていてほしかった。ただ、それだけだった。

しかし、ラシェルは死んだ。もともと丈夫な方ではなかったが、最後まで一人を貫き、死んでしまった。自分を待ち続けていた。そんなことをオークレールの前で言おうものなら撃ち殺されるだろう。しかし、どうにかできなかったのかと思わずにはいられなかった。自分がこんな中途半端なことをしなければ、ラシェルは幸せを見つけ、こんなに早く逝ってしまうことはなかったのではないか。やるせない、やりきれない気持ちでいっぱいになった。

あの日、ブラガは離れたところで泣いていた。こんなに涙が出てくるとは思わなかった。目玉が溶けてなくなってしまうのではないかと思った。これでは、とてもラシェルの顔を見ることなどできそうもなかった。

「何なんだ、あの女……」心を乱される。いつも自分が最も嫌なところにスーっと入り込んでくる。すべてを見透かしたようなあの目。とび色のあの目がいつもブラガの平静を奪った。

「また嫌われてしまった」オルガは、心配そうにこちらの様子を窺っているカウンターの女の視線の先で、寂しそうに笑った。

# 19

「あれまぁ、ずいぶんとお早いお帰りで。何かあったんですかい？」司令部に戻り、大股で廊下を歩いてくるブラガに向かい、オークレールは訊ねた。ブラガは一瞬歩くスピードをゆるめたが、何も答えず、通り過ぎていった。

「……ご機嫌斜めですかい」オークレールは、わざとブラガに聞こえるように声を大きくし、人差し指で頬を掻いた。

「……うるせぇなぁ」ブラガは足を止め、低く呻いた。

「はい？　何ですかい？」聞き取れなかったオークレールはブラガのもとに歩み寄る。

「何なんだよ、てめぇら！　俺に何がしてぇんだ⁉　姉貴の復讐か⁉」ブラガはすぐ後ろまで来たオークレールを突き飛ばした。呼吸は荒く、肩を大きく上下させていた。尻餅をついたオークレールは状況が飲み込めず、きょとんとしてブラガを見上げている。

「……てめぇら？　姉上？　何のことです？」暫し間を開けて、オークレールがふてぶてしい声を出した。ブラガは歯を食いしばり、必死に感情を抑えようとしている。

「姉上の復讐って何だよ？　ブラガさん、あんたまだねえさんのことしつこく探ってるんですかい？」オークレールはブラガをじろりと見上げた。

「てめぇがあの女に何吹き込まれたか知らねぇが、俺は何も間違ったことはしちゃいねぇ！　後悔なんか何もしちゃいねぇんだ！」ブラガは息を荒くして言い立てる。

「……昔の女のことなんか知らねぇってことですかい？」オークレールはブラガを睨んだまま冷ややかな口調で訊いた。ブラガは下を向き、黙っている。オークレールは笑いを噛み殺し、ゆっくりと立ち上がって、制服を手で払った。

「ずいぶんと薄情なことをおっしゃるお人だ」オークレールはブラガの顔をじっと覗き込んだ。その目には、怒りというより憎しみが滲んでいる。

「そうですよね？　あんた、姉上の葬儀にも来やしねぇ。さすがもてるお人はちげぇなぁ」オークレールは横柄な態度で続ける。

「……てめぇに何がわかる？」ブラガはまた呻くように呟いた。

「はい？　聞こえねぇなぁ」オークレールは、ことさらに声を張り上げる。

「てめぇらにわかってたまるか！」ブラガは怒鳴り声を上げ、オークレールの左頬を思いっきり殴りつけた。オークレールの体は宙を舞い、そのまま壁に突っ込んだ。ブラガははっと我に返り、オークレールのもとに駆け寄ろうとした。

「……いってぇなぁ……切れちまったじゃねぇですかい。図星を突かれた途端、これですか?」オークレールはのっそりと立ち上がり、ペッと血を吐き、左手で口を拭った。

「っふざけんじゃねぇ！」オークレールは飛びかかった。二人は倒れ込み、オークレールは馬乗りになってブラガに殴りかかる。何だ、何だ、というように他の隊員たちが集まってきた。

「ブラガ大佐、オークレール少佐、やめてください！」

止めに入る隊員たちの声は、二人には届かない。

「お前ら！　何してるんだ⁉」やってきたのはレフラーだった。しかし、すっかり頭に血が上った二人には、その声さえも聞こえなかった。

「いい加減にしないか‼」レフラーはオークレールをブラガから無理矢理引き剥がし、オークレール、ブラガの順に思いきり殴り飛ばした。二人は揃って壁に突っ込んだ。

「来い‼」レフラーは二人の腕を乱暴に掴み、引きずるようにして、自身の執務室に連れていった。

「いったい何があったんだ？　言え」二人をソファーに座らせ、その正面にどかっと座ったレフラーは、腕を組み、厳しい口調で命じた。二人は下を向き、口を真一文字に結んでいる。

「お前たちは他の隊員の目標なんだ。あんな真似はしてくれるな。わかっているのか？」レフラーは厳格な態度で続ける。二人はなおも膝の上で拳を白くなるほどギュッと握りしめ、口をつぐんでいる。レフラーは短くため息をついた。

「お前さんたちがこんな風にぶつかるのは久しぶりだなぁ。ラシェルが亡くなってから、お前らすっかり大人しくなっちまったもんなぁ」レフラーは二人を見据えて言った。二人の肩がビクッと小さく反応した。

「……姉上は何だってこんな野郎を……こいつはあんだけ待って一人で死んでった姉上の葬儀にも来やしなかったのに……」オークレールが下を向いたまま震える声を出した。

「だとよ？　おい、セーファス！　お前は何か言わなくていいのか？」レフラーは、今度はブラガに訊ねた。

「……あんな顔、見られるわけねぇじゃねぇか……」ブラガのその消えそうな声に、オークレールははっとしてブラガを見た。

「……あんた、まさか来てたのか？　だってあんた、俺に……」オークレールは目を丸くして訊いた。ブラガは黙って頷いた。

「何で来なかったんです？」葬儀の後、司令部でブラガに会ったオークレールは刺々しく訊ねた。

「お前さんも大将も行っちまって、ここで何かあったらどうすんだよ？　ちっと考えればわかるだろう？」ブラガは煙草をくわえて、声を出すのも億劫そうに、オークレールの横を通り過ぎて行った。

「じゃあ、何で？　何であの時言わなかったんだよ？」オークレールの顔が歪んでいく。

ブラガは右手で両目を押さえ、肩を震わせていた。

「ルカ、お前さんだってわかっていたんだろう？　ラシェルがそうだったように、こいつもラシェルに惚れてたんだ。でも、こいつは不器用だからよ。あんなやり方でしかラシェルの幸せを願えなかったんだ。なぁ、そうだろ？」レフラーは眉の両端を下げ、困ったように笑った。ブラガは嗚咽を必死に堪えている。

「……ブラガさん、それはねぇよ。これじゃあ、俺がガキみてぇじゃねぇですか……」オークレールは額に手を置いて無理矢理笑顔を作り、今にも涙が溢れそうな目をブラガに向けた。

「……すなかった……」ブラガは両目を押さえたまま呟いた。オークレールはゆっくりと目を閉じた。涙がこぼれた。子供に戻ったように泣きじゃくる二人を、レフラーは困ったような優しい顔で見つめていた。

「……ねえさんが姉上は幸せだったと言ってました。女の幸せは良い男に思われ、愛されることだと。大将、あんた、俺、こんな良い男たちにこんなにも思われ、愛されたなら女冥利に尽きると。あの人はそう言ってくれました」少し落ち着いたところで不意にオークレールが口にした。ブラガは泣き腫らした目を見開いた。

「姉上は最期に、ありがとう、と言ってました。あの人にも伝えてくれと。笑顔で」オークレールの表情は清々しかった。ブラガは煙草をくわえ、前を向いたまま、あの頃を懐かしむような目で薄く笑った。レフラーは、痣だらけで腫れぼったい顔をした二人の子供のような大人たちを前に、やれやれと安堵の息をついた。

# 20

「おい、オルガ。お前に客人だ」自室で祝賀パーティーの演舞の構成を考えていると、部屋の外からレイナの声がした。オルガは手にしていた仮面を置き、ゆっくりと立ち上がった。

「忙しいんだ」ドアを開けたオルガは、露骨なまでに不機嫌そうな声を出した。

「踊りの稽古か?」レイナは部屋の奥に目をやった。そこには扇やら仮面やらが無造作に置かれている。

「稽古までも行っていない。まだ作っているところだ」オルガはまた不機嫌そうに長い髪を掻き上げた。

「それより何でこんな時間に客人なんだ? もうじき店が始まるというのに」

「追い返してもいいが、おそらく大切な客人だと思うぞ?」

「……誰だ?」

しかし、レイナはオルガのその質問には答えなかった。オルガは軽く支度をして、不承不承と客室へと向かった。

オルガはドアの前で挨拶をし、ゆっくりと開けた。

「旦那？」オルガは目を丸くした。そこには深々と頭を下げるレフラーがいた。オルガは辺りを窺ってドアを閉め、レフラーをソファーに座るように促すと、自分もその向かい側に腰を下ろした。

「旦那、顔を上げてください。それでは誰だかわかりません」オルガはテーブルに額がつきそうなレフラーに困ったように声をかけた。

間もなくして、ケイルがお茶を運んできた。レフラーは、ありがとう、と言ってお茶を受け取り、そのケイルが部屋を出るまで愛おしそうに見つめていた。レフラーもあれくらいの孫がいてもおかしくない歳だった。しかし、この男もブラガ同様一人を選んだのだった。レフラーはお茶をおいしそうに啜り、ふっと吐息を漏らした。

「忙しい時間帯に申し訳ない。そして礼を言う。ありがとう」レフラーが唐突に言った。

オルガは意味がわからず、きょとんとして首を傾げた。

「セーファスとルカのことだ。あいつら本当に似た者同士でいつもぶつかってばっかりだった。周りからも比べられて。ルカなんかはセーファスにだけは負けたくないって。変な話、それがあいつの原動力なんだ。でも、ルカの姉上のラシェルが亡くなって以来お互いに小さい溝を作ってしまってな。きっと前に酔っぱらって話したことがあったと思うが、その溝を跳び越えられなくてずっともがいていたんだ。でも、お前が後押ししてくれた。ありがとう」レフラーはまた深々と頭を下げた。オルガは、あぁ、と思い出したように小さく笑い、「さて、何のことかしら」ととぼけ、お茶を一口啜った。

「本当にお前はすごいと思う。良い目を持っている」レフラーは目尻に無数の皺を刻ませた。

「私、ちょっと意地悪してみたくなったんですよ。私にはないものをたくさん持っているあの人たちを見ていると、何だか悔しくて。嫉妬したんです。あのお二人って似てるでしょう？　意地っ張りで負けず嫌いで、でも、何かが引っかかっていてぶつかり合うことはできない。いじらしいので思いっきり喧嘩させてやろうかと思ったんです」オルガは悪戯っぽく笑った。レフラーはそんなオルガの様子をじっと眺めている。

「私はただ、男の喧嘩が好きなだけでしたのに。そうですか。すっかり仲直りですか。それは期待が外れました」オルガは残念そうな声を洩らした。

「オルガ、そんな風に悪ぶるのはよした方がいい」レフラーは困ったように、眉の両端を下げた。

「それは買い被りというものですよ」オルガは苦笑し、睫毛を触る仕草をする。

「私は身勝手で、気ままな女です。利用できるものは利用して生きてきました」オルガは色香すら漂いそうな、思慮深げな表情をしていた。レフラーの目に心配そうな色が滲んでくる。

「唯一無二の悪友……羨ましいことです。この国を変えるのはきっと旦那たちのような方なのでしょうね」

「……急に、どうしたんだ？」レフラーは訊いた。オルガは黙って顔を横に振る。

「何かあったのか？」いつもと様子が違うオルガに、レフラーは心配そうにまた訊ねる。

「オークレール様もブラガ様も、旦那を本当に慕ってらっしゃいます。大切になさってください」オルガは首を斜めにして微笑んだ。確かにいつもと変わらない笑顔なのだ。しかし、これはもう勘としか言いようがないが、この時レフラーは、得も言われぬ危うさを感じ取ったのだった。

## 21

その夜、オルガは道場で素振りをしていた。

「いつまでそこで隠れているつもりだ？」素振りを終えたオルガは道場の真ん中で腰を下ろし、汗を拭きながら入り口のドアに向かって言った。すると、暗闇からボガードがぬっと姿を現した。

「プローゼっていうのは花やら踊りやら剣やら何でもできんだな」月明かりに照らされたボガードは感心したような声を出した。オルガはその腹を探るように、ボガードをじっと見つめる。

「おいおい、金を払わなきゃにこりともしてくれねぇのか？　せっかく、二人きりになれたっていうのによぉ」ボガードは嫌らしく唇をゆるめ、オルガのもとにゆっくりと歩み寄る。

「あの用心棒、俺を警戒して俺とあんたを二人にしてくんねぇんだよ」

この夜、レイナはカレルと共に南方のビライグに出かけていた。オルガの目はボガードをじろりと捉えて離さない。

「オルガさん、あんた何考えてんだ?」オルガの前まで来ると、ボガードは冷ややかにオルガを見下ろした。

「……どういう意味だ?」オルガは猫のような目で、ボガードを見上げる。

「妙な真似してやがるってことは知ってんだ」ボガードはすっとしゃがみ込んだ。オルガを捕獲した目が怪しい光を放っている。オルガは頬が強張るのを感じた。しかし、それを悟られまいと強気な態度でフンと鼻を鳴らした。

「……お前が訊きたいのはそんなことではないだろう?」

ボガードは目を見開いた。しかし、すぐに下を向き、口に手を当て、肩を揺する。笑っている。オルガは眉間を寄せた。ボガードは小さく声を立てる。オルガは訝りながらまた訊いた。

「……セーファス・ブラガとルカ・オークレール、お前が訊きたいのは奴らのことだろう?」

ボガードの動きが止まる。

「……誰から聞いた？」

「私を誰だと思っている？　提督までも恐れるオルガ・ミュールだぞ？　お前とてそう言っていただろう」オルガは挑発的に顎を上げた。ボガードに反論する気配はない。

「稽古は終わりだ。失礼する」オルガはそう言って立ち上がり、身動き一つしないボガードに一瞥をくれ、背を向けた。

「……不思議だなぁ。あんたは俺がこれから手に入れようとしているものを、形は違えど現に持ってるんだぜ？」

その言葉にオルガは動きを止めた。聞き流してしまえばよかったのだ。しかし、できなかった。

「復讐してやろうとか貶めたいとか、そういうのが一度もなかったわけではねぇだろう？　そんな刺青で自分を傷つけ、戒めて。あんたがそこまでしたって、誰一人としてあんたに感謝してる奴はいない。俺には偽善にしか見えねぇな」ボガードは吐き捨てるように続けた。オルガは思いを巡らせるように首筋にそっと手を置き、ふうっと疲れたような笑みを浮かべた。

「……皮肉なものだな。人生で初めて出会った理解者が、まさかお前のようなテロリストとは」

予想外の言葉だったのだろう。ボガードの、どういう意味だと訊ね返す目がある。

「お前の言う通りだよ。めちゃくちゃにしてやろうと思ったこともある。でも、できなかった……」そこまで言うと、オルガはすっと真顔になった。

「ここには表の世界の善悪なんて通用しない。私の身の振り一つで他の者たちの運命が決まってしまう。生かすも殺すも私次第」

「それが偽善なんだ。あんたには邪魔者を切り捨てるという選択肢はないのか？」

オルガの長い睫毛がピクリと動く。しかし、オルガは首肯しなかった。

「……わからねぇな」ボガードは頭を掻き、ほとほと呆れたと言わんばかりの唸り声を上げた。

「そうやってずっと生きてきた。……お前だって、そうだったんじゃないのか？」そう言い残し、オルガはまた歩き出そうとした。その時だった。

「ガシャン！」

オルガは振り返った。そこには剣が無造作に転がっていた。オルガは眉間に皺を寄せた。

「何の真似だ？」

「抜けよ」ボガードが抑揚なく言った。その全身からは、ただならぬ気配が立ち上っていた。

「……くだらない」

「抜けよ」吐き捨てるようなオルガの言葉に横槍を入れるようにして、ボガードはまたあの爬虫類のような目でオルガをじっと睨みつける。この男の何を知っているわけではなかったが、レイナがこれまでオルガに近づけないようにしていた理由がわかった気がした。今のこの男の目には、禍々しいほどの殺意が満ちていた。

「抜けよ」獲物を前にした蛇のような目が、オルガを捉えて離さない。背筋に冷たいものが走る。オルガはボガードを警戒しながらゆっくりと屈み、剣に手を伸ばした。

次の瞬間、ガラス玉のような目が大きく見開かれたかと思うと、ボガードは素早く剣を抜き、オルガに切りかかった。道場に耳障りな金属音が響く。

「ほぉ、なかなかやるじゃねぇか。さすが用心棒が自慢するだけのことはある」ボガードはオルガに顔を近づけ、唇を横に広げてにやりとする。オルガは素早く立ち上がり、間一髪で手にした剣の鞘でボガードの剣を受け止めていた。本気だ。剣から伝わってくる力にオルガは顔をしかめた。

「……私を殺せば貴様らの企みは果たせぬはずだが……」オルガはボガードに険しい視線を投げつける。

「……ふふ、ははは！　あんたやっぱり大した女だなぁ！　この状況で俺に脅しをかけるかぁ⁉」ボガードは高らかに笑い声を上げ、「ほら、ほら、どうしたぁ⁉」と、さらに両腕に力を込めた。剣はガチャガチャと小さく音を立てる。オルガは耐えきれず、よろめいて数歩後ろに下がった。

「おい！　勘違いしてんじゃねぇぞ⁉　てめぇはまだ必要だから生かしてやってるだけだ！」ボガードはぞっとするほど冷たい目で声を張り上げ、オルガの足を払い、剣を奪った。オルガはバランスを崩し、背中から床に倒れ込む。ボガードはそんなオルガに覆い被さり、背中の銃に手を伸ばそうとするオルガの腕を踏みつけ、喉元に剣の刃を当てた。痛みに顔を歪める時間さえも与えてはくれなかった。

「俺を撃ち殺すか？　いや、あんたはそうじゃねぇなぁ。知ってるぜ。その銃に弾が一発しか入ってねぇってこと」ボガードはオルガに顔を近づけ、したり顔で笑う。オルガはぎりっと奥歯を噛んだ。

「そのお飾りの銃で、自分の頭撃ち抜くか？　死んだって無駄だぞ？　オルガさんよぉ」

郵便はがき

料金受取人払郵便

新宿局承認

1362

差出有効期間
平成30年5月
31日まで
(切手不要)

1 6 0 - 8 7 9 1

843

東京都新宿区新宿1－10－1

(株)文芸社

愛読者カード係 行

| | | | |
|---|---|---|---|
| ふりがな<br>お名前 | | 明治　大正<br>昭和　平成　年生　歳 | |
| ふりがな<br>ご住所 | □□□-□□□□ | 性別<br>男・女 | |
| お電話<br>番　号 | (書籍ご注文の際に必要です) | ご職業 | |
| E-mail | | | |
| ご購読雑誌(複数可) | | ご購読新聞<br>新聞 | |

最近読んでおもしろかった本や今後、とりあげてほしいテーマをお教えください。

ご自分の研究成果や経験、お考え等を出版してみたいというお気持ちはありますか。

ある　ない　内容・テーマ(　　　　　　　　)

現在完成した作品をお持ちですか。

ある　ない　ジャンル・原稿量(　　　　　　　　)

| 書　名 | | | |
|---|---|---|---|
| お買上<br>書　店 | 都道　　　　市区<br>府県　　　　郡 | 書店名 | 書店 |
| | | ご購入日 | 年　　月　　日 |

本書をどこでお知りになりましたか?

1.書店店頭　2.知人にすすめられて　3.インターネット(サイト名　　　　)

4.DMハガキ　5.広告、記事を見て(新聞、雑誌名　　　　)

上の質問に関連して、ご購入の決め手となったのは?

1.タイトル　2.著者　3.内容　4.カバーデザイン　5.帯

その他ご自由にお書きください。

(　　　　)

本書についてのご意見、ご感想をお聞かせください。

①内容について

②カバー、タイトル、帯について

弊社Webサイトからもご意見、ご感想をお寄せいただけます。

ご協力ありがとうございました。

※お寄せいただいたご意見、ご感想は新聞広告等で匿名にて使わせていただくことがあります。

※お客様の個人情報は、小社からの連絡のみに使用します。社外に提供することは一切ありません。

■書籍のご注文は、お近くの書店または、ブックサービス(0120-29-9625)、セブンネットショッピング(http://7net.omni7.jp/)にお申し込み下さい。

ボガードはせせら笑った。

「……私がいなくなれば少なくともお前たちの計画は果たせぬはずだ」オルガは押し殺すようにして声を出した。

「ははは！　残念だが、あんたは死ねねぇよ！」ボガードの意味ありげな言葉に、オルガの目に疑念と得体の知れないものへの恐怖が走る。

「オルガさん、あんた、そんなことしたら、あんたの親父さんどうなると思う？」ボガードはオルガの耳元で囁いた。オルガは顔色を失った。

「……私に、父などいない……」思わず声が上ずった。ボガードの口角がにたりと上がる。

「あんたの親父さんは昔、妙な連中とつるんで非合法の武器の売買に加担してこの街を追われた。あんたとあんたの母ちゃん置いてな。あんたたちは親父のせいでひでぇ目に遭わされた。母親はそれが原因で病み、あんたを置いて死んだ。一人残されたあんたはこのアルカディアに拾われた。どうだ？　もっと聞かせてやろうか？」

オルガの大きく見開かれた目の中で、黒目がわなないていた。肌が粟立つ。体の内側から恐怖が込み上げ、噛み合わせの部分もカチカチと音を立てる。

「お前さんは抱え込みすぎた。元来、女っていうのは器用でずる賢い生き物なんだが、あんたは違ったらしいな」ボガードはまたせせら笑った。

「なぁ、わかったか？　あんたは逃げることも死ぬこともできねぇんだ。おかしな夢見て、俺たちを逆に利用しようとしてたのかもしれねぇが、残念ながらそいつは無理ってもんだ。自分らの愚かさを恨むことだな」ボガードは自分らの「ら」という部分を強調し、ねだるような目でオルガを見下ろした。

「オルガさんよぉ、俺にあんたの覚悟を見せてくれねぇか？」ボガードはくるくると人差し指でオルガの髪を巻き取りながら、顔を寄せてくる。

「人を切ったことも撃ったこともねぇ。道場剣術少しかじったくらいでいきがってんじゃねぇよ！　そんなもの何の役に立つ？　あんたがこれからやろうとしてんのはチャンバラごっこじゃねぇ！　国一つ賭けた戦争だ！　殺し合いなんだよ!!」突如鋭い声を出し、その言葉の一つ一つをオルガの胸に打ち込んだ。オルガはボガードのその凄まじい形相から目が離せなかった。

「これが最後だ。あんたの覚悟を俺に見せてくれよ。何も失いたくないんだろう？」ボガードは噛んで含めるような口ぶりで言った。

「……覚悟？」

「人を切ったこともないあんたが罪人になる覚悟だ」

「罪人……人を切……」そこまで口にして、オルガははっと気づいた顔になった。驚きと恐怖にひきつった顔から、血の気が引いていく。

「殺、せ、というのか？」

ボガードは答えなかった。ただ満足げな表情で微笑み返し、「その剣、くれてやるよ」と言いながら、ゆっくりと立ち上がる。

「俺は気が長い方じゃねぇんだ。そうだな、明後日なんてどうだ？　店も休みだし、何より満月だ。手元は明るいに越したことはねぇ」ボガードは剣を月明かりにかざした。

「俺は銃はあんまり好きじゃねぇんだ。うるせぇし、何より人間が死んでいく感触がわからねぇのは、もったいねぇだろ」

身の毛もよだつ恐怖とは、こういうことを言うのだろう。オルガは震えが止まらなかった。

「それと、俺の前で二度とあいつらの話をするんじゃねぇ。お前さんが思っているような甘っちょろいもんじゃねぇんだ」ボガードのその目には憎悪が宿っていた。しかし、今のオルガには、その声さえひどく遠く聞こえた。

「それじゃあ、楽しみにしてるぜ?」ボガードはこう言い残し、上機嫌に鼻歌を歌いながら道場を出ていった。

オルガはぼんやりと天井を見上げていた。頭が混乱している。順を追って思い出していた。カレルに呼ばれ、ボガードと初めて会ったのは一月前《ひとつき》。その時ボガードにアルカディアを使ってこの国を滅ぼす計画を打ち明けられた。レイナに混乱に乗じてここから二人で逃げようと言われたのもこの頃だ。その言葉に、密かに心躍らせた自分がいた。

しかし、それは無理だった。さっきボガードに言われた。

高をくくっていた。こんな話を持ちかけられるのは今に始まったことではない。ずっと昔から危ない橋を渡り続けてきた。上手く手を回して収めてきたんだ。だからきっと、今回だって大丈夫。そう思っていた。しかし、ボガードは一枚も二枚も上手だった。

逃げられない。死ぬこともできない。父を殺すと言われた。明後日までに覚悟を見せなければ、殺すと言われた。冗談ではないだろう。父の運命は今、あの男の手のひらの上にあり、それを握り潰すかどうかは私の身の振り方一つにかかっている。

オルガはゆっくりと上半身を起こした。どうすればいいのだろう。オルガは朦朧とする頭で、ボガードが残していった剣を眺めていた。なぜこんなことになったのだろう。ここを守ると奮起していた自分が、遠い昔のもののように思えた。視界がぼやけてくる。レイナには頼れない。オルガは独りになってしまった。オルガは膝を抱え、顔を埋めた。

「……助けて……」

## 22

満月は想像以上に辺りを明るく照らしていた。オルガの心臓は今にも破裂しそうだった。自分とは違う意志を持った生き物が、左胸でドクドクと暴れ回っている。オルガはボガードが用意した裏口を通り、ボガードが用意したスカーフを頭からすっぽりと被って、そこに立っていた。

「おい、こんな時間に何してるんだ？」

オルガはビクッと体を震わせ、振り返った。そこには柄の悪い男たちがにやにやして立っている。その身なりから、まっとうな生き方をしているようには到底見えない。ボガードの言った通りだ。

「こんな夜道をお散歩かい？」男の一人が下品な笑みを浮かべて訊いてきた。男たちは全部で四人。この様子では銃を持っている者はいないだろう。もしかしたらナイフを隠し持っているかもしれない。オルガは男たちを息を凝らして観察していた。鼓膜に心臓の鼓動が響いてくる。

「何だ？　恐ろしくて声も出ねぇのか？」一人の男がにやにやしながら近づいてくる。ボガードを思わせる品のない笑い顔。

貴様のせいで！　見当違いの怒りにも似たおかしな感情が湧き上がってくる。

「顔をよく見せてみろよ」男はにやにやしながら、さらににじり寄る。オルガは剣に手をかけた。

貴様のせいで！　おかしな感情に体が支配され、頭に血が上っていく。

男はオルガに手を伸ばした。その瞬間、オルガは素早く剣を抜いた。

ばっと血柱が立つ。首を切り裂かれた男は、けたたましい叫び声を上げながら転がるように倒れ、すぐに動かなくなった。男の周りに瞬時に血の池が広がった。突風が吹き、オルガの顔が露わになった。月明かりに照らされた返り血を浴びたその顔は、まさに鬼だった。突然のことに、男たちはたじろいだ。しかし、オルガはピュッと剣の血を払い、残りの男たちに切りかかった。

「はぁっ、はぁ……」気づくと、オルガは全力で走っていた。息が上がる。心臓がうるさい。うるさい。うるさい！　オルガは頭をぶるっと強く振った。体に当たる風がひどく冷たく感じる。返り血のせいだ。オルガは前だけを見て走った。今の自分の出で立ちを見れば、卒倒してしまうだろう。オルガは行きと同様にボガードが用意した裏口を経由し、城に戻ると、自室に入り、バンと扉を閉めた。どこを走ってきたか覚えてはいないが、幸いにも誰にも会うことはなかった。膝ががくがくと震えている。ドアに寄りかかりながら胸を押さえ、懸命に息を整えようとした。

「オルガ、どうかしたのか？」突然部屋の外からレイナの声がした。オルガは体を痙攣させ、扉越しにレイナの方を向いた。

「……何が、だ？」オルガは必死に平静を装う。

「いや、城内の見回りの途中にお前が走っていくのが見えたのでな」レイナはいつもと変わらない調子で言う。

「……眠れなくて、散歩していたんだ。すまない。もう休む」オルガは声が震えるのをかろうじて抑えた。

「……そうか。何もないならいいんだ。早く休めよ」レイナはそう言って、あっさりと部屋の前から去っていった。顔は見えないが、うまくやり過ごすことができたらしい。足音が小さくなることを確認して、オルガは浴室に向かった。さっきまで鼓膜を振動させていた心臓の音が静かになっていた。浴室に入り、ドアを背にすると、オルガは膝から崩れ、ぺたんと床に座り込んだ。

左腕に痛みが走った。二十センチほどの切り傷からは、まだ血が滲んでいる。オルガは自分の手のひらを広げた。血で真っ赤になっている。人間の肉や骨を切り裂く感触が蘇る。人間が死にゆく感触が。突如、胃が捻じり上げられた。

「……うっ、げほっ……ごほっ……」オルガは嘔吐した。オルガは息を整えるように何回か深呼吸をし、右手で口を拭って、這うようにバスタブを目指した。手足を交互に動かすだけの単純な動作が上手くできない。何度か体勢を崩しそうになった。オルガは四つん這いの恰好で身を捩り、バスタブに転がり込むと、震える手でどうにか蛇口を捻った。シャワーが勢い良く出てくる。それはだんだんと温かくなり、血を洗い流していく。手や洋服の血が薄くなっていく。しかし、当たり前のようにバスタブに溜まっていくお湯は血に染まっていった。オルガの周囲に赤い液体が満ちていく。

「……あぁっ……」オルガは目を見開いた。これは夢だ。頭を抱え、激しく振った。悪い夢だ。夢だと言ってくれ。早く覚めろ。早く覚めてくれ。ガチガチと震えが止まらなかった。


てめぇの覚悟を見せてみろよ。ボガードの言葉が頭の中で木霊していた。


オルガの様子を不審に思ったレイナは、部屋に戻るふりをして、オルガが来た道を確認していた。すると、ところどころにぽつぽつと血痕のようなものが見つかった。レイナの表情が強張る。その血痕を辿ると、見覚えのない裏口に辿り着いた。レイナはこの裏口の存在を知らなかった。不審に思いながらもそれをくぐると、血痕はまだ続いている。レイナはまたそれを辿って進み、その先に広がっていた光景に目を疑った。

そこには、四人の男たちが無惨な姿で横たわっていた。男たちは首を一太刀でやられていた。レイナは右手で口元を押さえた。思うことは一つだった。

レイナは急いでアルカディアに戻り、またオルガの部屋に向かった。

「オルガ、起きているか？」

しかし、オルガからの応答はない。先ほどは気づかなかったが、ノブのところどころに黒いシミのようなものが見える。嫌な予感が予感ではなくなっていく。レイナはそっとドアを開けた。オルガはもうベッドに入っていた。こちらに背を向けているので顔は見えない。絡まるからと言って、いつも綺麗に髪をまとめて眠るオルガが、長い髪を広げたまま横になっていた。レイナの足元の無造作に放られた剣には、赤黒い液体がべっとりとついていた。レイナの顔に一層の強張りが走る。床が濡れている。それを辿ると、浴室に続いていた。

浴室のドアは半開きになっていた。レイナはドアに手を置いた。指が小さく震えている。自分の胸が大きく上下するのを見下ろしながら、レイナは手のひらにぐっと力を入れ、ドアを押した。

シャワーが出しっぱなしになったままの浴室は、血の匂いが充満していた。バスタブのお湯は赤く染まり、その中でオルガの洋服がゆらゆらと漂っている。ドアの横には吐しゃ物があった。レイナは壊れた人形のように全身を硬直させていた。表情も止まっている。やがて表情はそのまま、ぎくしゃくとした動きで手と足を交互に動かし始めた。レイナは靴のままバスタブまで行き、腕まくりもせずに、バスタブから洋服をすくい上げた。よく見ると、洋服に切られた跡がある。レイナははっとして、急いでオルガのもとに向かった。

「オルガ、オルガ！　大丈夫か⁉」

「～～～～っ‼」レイナがシーツをはごうとすると、オルガは声にならない声を上げ、レイナを拒んだ。オルガの左腕には、タオルやら色々なものが巻きつけられている。

「お前、怪我してるのか⁉」うっすら血の滲むそれを見て、レイナは声を大きくした。

「～～～～‼」オルガはただ泣きじゃくり、激しく暴れた。

「オルガ、落ち着いてくれ！　頼むから、手当てをさせてくれ！」悲嘆の声を上げるレイナの目からも、涙がこぼれていた。レイナはオルガをきつく抱きしめた。

「……すまない。すまない」

その夜、二人の嗚咽がやむことはなかった。

## 23

「住所不定。この辺りじゃ有名なごろつきどもだそうです。特定の人間に恨まれていたとは考えにくい。通り魔ですかね？」オークレールは死体にかけられたシートをめくり、遺体の特徴を確認しながら声を出した。

「それにしても全員が一太刀で首をバッサリやられてる。余程の手練れの仕業だろうな」ブラガは考え込むように腕を組み、低く唸った。

「犯行は深夜で、見た人間もいない。いったいどうするんです？」オークレールは、今度はレフラーを見上げる。レフラーも腕を組み、難しい顔をしている。オークレールは煩わしそうに目にかかった前髪を払い、ゆっくりと立ち上がった。前方にすっと目をやる。その先には深緑の銀杏並木があった。

「この先ってアルカディアだよなぁ？　あそこなら遅くまでやってるし、もしかしたら何かわかるんじゃないか？」レフラーが銀杏並木の先を指差した。ブラガが露骨に嫌そうな顔をする。

「そうですね。どうせここにいても何も見つかりそうもないし、行ってみますか」オークレールは、ねっと言うようにブラガの肩に触れた。ブラガは不服そうに煙草をくわえた。

こうして三人はアルカディアへと向かった。

「俺はここにいるからてめぇらで行けよ」ブラガは門に寄りかかり、二人を見ずに言った。三人はアルカディアの大門の前に来ていた。

「そんな子供みてぇなこと言わないでくださいよ」オークレールは思わず苦笑した。

「あぁ？　別に俺はそんなこと言ったんじゃねぇよ！」すぐさまブラガが吠える。

「うちに何か御用で？」すると、門の横の扉が小さく開き、背の高い、目つきの鋭い男が顔を出した。

「あっ……」オークレールは小さく声を上げた。それはオルガの世話役のレイナだった。

「……あなた様はあの時の。その節はありがとうございました」レイナはオークレールを見て、はっとした様子で丁寧に頭を下げた。ブラガは後方から険しい目つきでその様子を窺っている。

「今日はどういったご用件で？」顔を上げたレイナは、レフラーと後方のブラガを順に見て、目に警戒の色を浮かべた。

「あぁ、すみません。あれも俺の上司なんです。昨日この先で通り魔があったんですよ。夜更けで見た者が誰一人いないっていうので、遅くまでやってるここに、注意の呼びかけも兼ねて聞き込みに来たんです」オークレールはレイナの警戒を解くために、言葉を選びながら丁寧に答えた。すると、レイナの目がほんの一瞬だったが小さく揺らいだ。オークレールはそれを見逃さなかった。

「通り魔、ですか？」レイナは思慮を巡らせる顔で視線を落とした。

「どんなことでもいいんだ。何か見たり、聞いたりした者はいないか？」今度はレフラーが訊いた。オークレールはレイナを食い入るように見つめる。

「昨日は店が休みだったんです。それにアルカディアのこの大門は午後十時に閉められます。それから午前六時まで開くことはありません。門番も常駐しております。それゆえ中の者が出入りすることも、よそ者が出入りすることもありません。ここで聞き込みをされても得ることはないものと思います……」レイナは申し訳なさそうに目を伏せた。

「出入りしたもんはいなくても、起きてた奴はいるだろ？」後方のブラガが口を開いた。煙草をくわえ、レイナに疑いの眼差しを送っている。瞬間的に、レイナがむっとしたのがわかった。しかし、レイナはすぐに表情をゆるめ、「ブラガ様、今度はアルカディアのリオ全員に尋問ですか？」と皮肉を込めた口調で訊ね返した。ブラガは閉口した。

「いやぁ～、そうだったな！　休みだったな！　じゃあ、何かあったらまた！」レフラーがそんな二人の間に割って入った。しかし、ブラガに威嚇をやめる素振りはない。

「ほら！　セーファス！」レフラーはブラガの腕を掴み、無理矢理引きずるようにして、この場から退散しようとした。

その時だった。レイナ越しの扉の向こうに男が立っていた。男は左目に眼帯をして、オークレールにはその男が笑っているように見えた。

「セーファス！　お前って奴はどうしてそうなんだ⁉」アルカディアから少し離れたところでレフラーは頭を抱えた。

「あの男、ぜってぇ何か隠してやがるんだよ！」ブラガは負けじと言い返す。

「何の確証があるんだ⁉　これじゃあもうアルカディアで聞き込みできねぇじゃねぇか……」レフラーはがっくりと肩を落とした。

「俺が悪いってのか⁉　あいつは何か知ってる！　俺の勘は確かだ！」

「……セーファス。勘は何の根拠にもならんのだよ。おい、ルカも何か言ってやってくれよ」必死の剣幕で吠えるブラガに、レフラーは疲れ果てた様子で言った。しかし、オークレールは深刻そうな顔で、何か考え込んでいる。

「おい、ルカ？　どうかしたのか？」レフラーが訊ねた。

「え、あ、すみません」オークレールははっと顔を上げた。

「何かあったのか？」ブラガも訊いた。

「……さっきアルカディアの城の奥にいた男なんですが」そう口にして、オークレールはまた眉間を寄せた。

「男？　どんな？」ブラガは訊ね返し、見たか？　とレフラーに目で問いかける。レフラーはぽかんとした顔で、いいや、とかぶりを振った。

「気づかなかったんですかい？　左目が眼帯の男ですよ」オークレールは自分の左目を指差した。レフラーとブラガは示し合わせたように顔を見合わせる。

「お二人さん、注意が散漫なんじゃないですか？」オークレールは辟易した様子で言った。

その瞬間、オークレールははっとした。声こそ上げなかったが、動悸が激しくなる。レフラーとブラガはそれに気づいていない。

「俺、一旦司令部に戻って資料あらってきますよ。大将たちは聞き込み続けてください」

オークレールは一息にそう言って、返事を待たずに二人を置いてそそくさと駆け出した。

レフラーとブラガはまた顔を見合わせた。ブラガは首を捻り、オークレールの背中に目をくれる。

オークレールは何かに気づいている。これも勘だった。

司令部に戻ったオークレールは、険しい面持ちで軍法会議所を目指していた。

「あら？　オークレール少佐、怖い顔してどうされました？」受付の女性職員が小首を傾げた。

「ちょっと調べ物を。悪いが他のもんが入ってこねぇようにしてくれないか？」オークレールは利用者台帳に名前を書きながら早口で告げた。

「……わかりました。御用が済みましたら、お声かけください」女性職員は解せない顔つきで答えた。

「悪いな」オークレールは右手を挙げて、会議所の書庫に入っていった。

「……あいつ、雰囲気は変わっちまってるが」オークレールは片っ端から軍事裁判記録などの資料をテーブルに広げた。

人一倍の負けず嫌いで、無知というものが許せないオークレールは、普段からよくここで調べ物をしていた。この国の成り立ち、過去の大きな事件、軍法会議、軍事裁判、アルカディア、すべてここで頭に叩き込んだ。若いオークレールが軍の上層部に食らいついていくための数々の努力の一つだった。

　オークレールは食い入るように文字を追いながら指でなぞっていく。

「……あった！」小一時間ほど経ったところでオークレールの手が止まった。その手元の資料には、退役軍人たちの経歴が記されていた。オークレールはそのページの写真の男の左目を手で隠した。

「……やっぱり……エリク・ボガード、元国軍中佐、将官等五名殺害、東方司令部襲撃主犯格、民主化運動過激派……」オークレールは一人呟きながら、指を沿わせていく。

「……東方司令部襲撃？」そこだけ最近書き加えられたような跡があった。

「あれ？」よく見ると、今自分が広げている資料のすべてに、最近調べられたような形跡がある。

「まさか……」思い当たる人物は一人しかいない。オークレールは去り際にさりげなく利用者台帳の前のページを確認し、苦虫を噛み潰した。

「知ってたのかよ……」

## 24

「何で黙ってたんです？」通り魔事件の聞き込みを終えてブラガが司令部に戻ったことを聞きつけたオークレールは、ブラガの執務室に急ぎ、語気を鋭く迫った。

「何の話だ？」ブラガは上着を脱ぎながら関心もなさそうに訊ね返す。

「エリク・ボガードです。ずっと調べてたんですね？」オークレールは訊いた。ですか？ではなく、ですね？　という断定的な訊ね方をした。ブラガはちらりとオークレールを見て、ゆっくりとした動作で上着をハンガーにかけ、椅子に腰を下ろした。さらに、オークレールの気持ちからすれば、憎らしいほどゆったりとした動作で、煙草をくわえて火をつけた。

「……やっぱり。俺にはもう奴には関わるなって言ったじゃありませんか。どうして一人で探ってたんです？」オークレールは苛立ちを見せる。ブラガは近くにあった灰皿を引き寄せ、そこに吸いさしの煙草を置いた。

エリク・ボガードが戻ってきた。一週間ほど前からアルカディアに出入りしている。それは単なる風の噂だった。ブラガとオークレールとボガードは南部ジルベルスタインの外れ、国境付近にある小さな村で生まれた。その村は三人がまだ幼い時に内乱により焼かれた。軍がもっとしっかりしていれば。まだ乳飲み子だったオークレールは覚えていないが、ブラガとボガードの二人は、穴を掘って埋めただけの家族たちの墓の前で悔し涙を流した。この時二人は決意した。自分たちが軍人となり、この国を変えようと。二人は士官学校に入り、少し遅れてオークレールが二人を追いかけるような形で入校した。その後、ブラガとオークレールは南方司令部に、ボガードは東方司令部に配属された。ブラガとボガードの二人は各地で素晴らしい功績を上げ、それを買われて情勢が緊迫していた北方司令部に派遣され、数年ぶりの再会を果たす。お互い順調に佐官となっていた。二人はあの日の誓いに確実に近づいていることを実感した。

その矢先、激化する戦乱の中で先陣を切っていたボガードは顔に大やけどを負って左目を失う。軍はそんなボガードをいとも簡単に退役処分にした。ボガードは絶望し、その場で人事官から銃を奪い、乱射した。ブラガはそれを止めることができなかった。ボガードは人事官二名と将官三名を殺害し、姿を消した。

以降、ブラガはボガードに会っていない。しかし、気になる噂は耳にしていた。ボガードはその天賦とも言える剣才とカリスマ性で志を同じくする者たちを従え、軍団を組織していると。それが何を意味しているか、ブラガにはわかっていた。ついに動き出したのだ。

ブラガは密かにボガードの動向を探っていた。

「お前は、腐敗したこの国で何を志し、何を矜持して生きていく？」去り際にボガードはこう吐き捨てた。憤怒に燃える一つの瞳をブラガの記憶に焼きつけたのだった。


「答えてください」オークレールはダメを押すつもりでさらに言う。ブラガは気乗りしない様子で腕を組み、オークレールを見上げた。

「お前さんに言ったところで、何か変わったか？」

オークレールの顔がカッと赤くなった。

「でも、知ってて言ってくれないなんてひどいじゃないですか⁉　俺だって部外者じゃない！　あいつをどうにかしたいと思ってるのは同じだ！」オークレールはムキになって言い返す。

「てめぇが悪いんだろ？　お前さん、中央に来てから、自分は現場向きだの、中央勤めは性に合わねぇだの、そんなことしか言ってなかっただろう？　んな野郎にこんな機密情報流せるか？　頭冷やせよ」ブラガはオークレールを見据え、冷ややかに言った。

「でも……」しかし、反論が見つからず、オークレールは押し黙る他なかった。

「もし、あいつを救いたいとでも思っているんだったら、今のお前には無理だ」ブラガは静かに、しかし、はっきりと断言した。オークレールは悔しそうに口をつぐんで下を向いた。ブラガはまた煙草をくわえ、天井に向かって煙を吐いた。

「ボガードはおそらくアルカディアに潜伏している」

オークレールは顔を上げた。

「お前、あの女から何か訊き出せるか？」ブラガはオークレールを見ずに訊いた。オークレールはすっと背筋を伸ばし、表情を引き締める。

「俺の読みではあの女も間違いなく黒だ。お前さん、あの女、とっ捕まえられるか？　裁けるか？」ブラガの目は、今度はしっかりとオークレールを捉えていた。その目の奥にはこちらを試すような光が見える。

「……さっき、アルカディアにボガードがいました。確かに見ました」

その言葉に、ブラガは動きを止め、鋭く目を細めた。

「東方司令部を襲った奴が今度は中央に現れた。きっと何かとんでもねぇことを企んでいるに違いねぇ」

かつて兄と慕い、同じ方向を見ていた男が過激派のテロリストに変貌を遂げ、今や自分たちと対峙している。オークレールはくるりと背を向けた。

「場合によっては、お前さん、ここにいられなくなるぞ？　わかってるな？」ブラガは念を押すように、その背中に問いかけた。

「わかってます。でも、自分が救いたいもの一つ救えないで、そんなんじゃ俺が軍人になった意味がありません」精悍な顔つきで答えたオークレールは、一礼してブラガの執務室を後にした。

## 25

「貴様、オルガに何をした？」レイナの視線の先には、いつもと変わらず他のリリオと共に踊りの稽古に打ち込むオルガの姿があった。後ろから、くっくっくっ、と小さな笑い声が漏れ聞こえてくる。

「何のことだ？」ボガードは落ち着き払った声で訊ね返す。レイナはぎりっと唇を噛みしめた。

「オルガさんが何をしたかって、俺よりあんたの方がよく知ってんじゃねぇのか？　あんた、見たんだろ？」ボガードはレイナの肩に馴れ馴れしく腕を回した。レイナはそれを払い、キッと目を怒らせる。

「女は怖いねぇ。あんなことをしたっていうのに、素知らぬ顔で踊りのお稽古かい」ボガードは、「あんなこと」という部分をわざとらしく強調し、愉快そうに目を細める。

「なぜ、そこまでオルガを追い詰める？」やや声を震わせて、レイナが訊ねた。

「何でだろうなぁ。でもまぁ、これであの女は、晴れて俺たち罪人の仲間入りだ。それに追い詰めてんのは、あんたじゃないのか？」ボガードはからかうような間延びした口調で言いながら、人を食ったような顔でレイナを見返した。レイナの顔が気色ばむ。もはや泰然自若を装う余裕はない。しかし、ぐうの音も出ず、悔しそうに下を向いた。ボガードはそんなレイナを白けた様子で一瞥し、レイナの前から去っていった。レイナは視線を上げた。オルガが流麗に舞っている。

あの夜、レイナはオルガの洋服と剣を捨て、部屋から浴室、廊下、城の外に至るまで隅々まで残さず証拠の隠滅を図った。オルガは知っている。しかし、何も言わない。こちらが恐ろしくなるほど、普段通りだった。オルガは昔からそうだった。

あれは七年前、西国コルキーとの事件の少し後、先代のアーベルが病に伏せてしまった頃だった。その一件以来、オルガは界隈で有名人となり、普通ではあり得ないほどの大出世を遂げた。

オルガがアルカディアにやってきたのは十一の時。憂き世の完璧な桃源郷としてディアス国に君臨するアルカディアでは、そこで働く女たちは容姿や知性もさることながら最低五年の教育期間が義務づけられ、一人前に客を取るのが十五であることを鑑みると、通常十歳を超えてアルカディアにやってきた娘は、経験も浅いため、そのほとんどが中級リリオで勤めを終え、最上位のプローゼとなることなどあり得なかった。しかし、オルガはその歴史を変えた。もちろん、その過程を皆がよく思っていたわけではない。先輩リリオからの大小様々な嫌がらせは毎日に及んだ。しかし、そんな時もオルガは平気な顔をして、誰にも何も言わなかった。

ある夜、レイナが夜回りをしていると井戸の前に一人のリリオの姿があった。

「何をしている⁉」身投げだと思ったレイナは声を荒らげ、そのリリオのもとへ急いだ。ギクリとして振り返ったリリオはオルガだった。その様子から身投げではないと察したレイナはゆっくりとオルガに近づいていった。

「こんな時間に何をしているんだ？」

オルガは桶の前に立ち、唇を結んでいる。

「……洋服？　何もこんな時間に洗わなくともよかろう？」レイナはオルガの後ろの桶を覗き込んだ。オルガはフンと鼻を鳴らし、そっぽを向いた。

「どうしたというんだ？」

しかし、オルガは答えない。ある程度察しがついたレイナは、心配そうに首を傾ける。

「誰にやられた？」

オルガは大きくため息をつき、レイナの視線に鬱陶しそうに背を向けた。

「大丈夫か？」

「……何が?」レイナのその問いかけにオルガはむすっとした声を出し、また洗濯を始めた。

「いいんだよ。ほっとけば」オルガは困ったように眉尻を下げるレイナを無視して、手を動かす。

「しかし、お前」

「いいんだって!」激しい口調で言葉を強く遮り、オルガはぎろりとレイナを見上げた。

「人は自分より優れた者を嫌うと、アーベル様が言っていた」オルガはまた手元に視線を戻した。レイナはそんなオルガの話を弱ったような、困ったような、複雑な表情で聞いている。

「前にアーベル様に童話をもらったことがあるんだ。孤児の娘が奉公先の家の者たちに虐げられる話だ」オルガは思い出したようにふっと頬をゆるめた。今の自分の境遇と重ね合わせているのだろう。

「でも、娘はその国の主に見初められた。王女になって、自分を虐げ、蔑ろにしてきた者たちに真っ赤に熱した鉄の靴を履かせたんだ」オルガはクスクスと楽しそうに笑った。

「いつか私も奴らに鉄の靴を履かせてやるんだ」オルガはレイナを見上げ、ニッと不敵に笑って見せた。レイナは泡を食ったように目を丸くした。

「……どうしようもない気の強い女だ」レイナは、参ったと言わんばかりに肩をすくめた。

オルガは満足そうに笑い、また手を動かし始めた。

「しかしな、本当に辛い時は誰かを頼った方がいい」

レイナの言葉に、オルガの手が止まった。

「……そんなことするくらいなら死んでやる」オルガは声を低くして言い捨てた。その表情は見えなかったが、レイナはぎょっとしたのを覚えている。


オルガはあの頃から変わっていない。いや、変わることができなかったのだ。人前では強く、気高い完璧な姿しか見せない。こんなにも長い時間オルガを見てきたというのに。側にいたというのに。じわじわと、胸に罪悪感が広がっていく。レイナは自分の無力さを煩悶し、それでも何の活路も見出すことのできない愚かさに怒りさえ覚えた。

# 26

「違う！　何度言えばわかるんだ⁉」オルガは感情的な声を上げた。その先には、仮面を手にしたリリオが下を向き、すっかり小さくなっている。オルガは苛立っていた。当たりどころが見つからず、足元に思いきり仮面を投げつけた。

どうしてそんなことができない？　どうして言った通りに動けない？　どうして思い通りにならない？　どうして？　なぜ？　なぜ、私ばかりがこんな目に遭う⁉　寸前まで出かかってそれを飲み込み、乱暴に髪を掻きむしった。頭痛がする。オルガは目をつむり、眉間を人差し指で強く押した。

「オルガ、そのくらいにしておけ。お前だけがそんなに気負っても仕方あるまい。時間ならまだあるだろう？」その時、レイナと共に悠々と広間にやってきたカレルが俯くリリオを庇《かば》いながらオルガを諫めた。オルガは顔を背けた。

「……申し訳ありません。少し気が立っていて……」オルガはカレルに背を向け、他のリリオたちに、すまない、と呟き、逃げるように広間を出ていった。

「おいおい、オルガさん。そんなおっかねぇ顔してどうした？」

どうしてこうもタイミング良く現れるのか。廊下の角でボガードが煙草を吸っていた。

オルガは忌々しげに足を止めた。

「ずいぶんと気合入ってんなぁ。けっこうなこった」ボガードはご満悦の様子で顎を撫でる。

「……約束は果たしたぞ。貴様も誓え。ここの者たちには絶対に手を出さないと」オルガは唇を噛み、目を据えてボガードを睨んだ。

「わかった、わかった。あんたの言いたいことはわかってるって。そんなに睨むなよ。綺麗な顔が台無しだぜ？」ボガードは煙草を指に挟み、顔の横で小さく振った。

「これからお客を取るんだろ？　そんな顔しないでくれよ。いつも通りで頼むぜ？　何せ信用第一だからな」ボガードはオルガの肩をポンと叩いて、廊下の奥へ消えていった。オルガはそれを厭わしそうな眼差しで見送り、自室に向かって歩き出した。

部屋に戻り、何気なく窓の方に目をやると、棚の上のピエロの置物と目が合った。真っ赤な鼻と唇のピエロは、オルガを小馬鹿にするように口角を上げ、左右に体を揺らしている。オルガはゆっくりとそのピエロに近づいていく。ピエロは楽しそうに体を揺らす。ぷつぷつと怒りの泡が込み上げてくる。オルガはおもむろにピエロの頭を掴み、思いきり床に投げつけた。ピエロは手足が取れてもなお動き続けようとしている。オルガはそれを踏みつけた。数回踏みつけると、ピエロはやっと動かなくなった。オルガは肩で息をしながら、また棚の上に目をやった。

「あぁぁぁ！」我慢の限界だった。オルガは棚の上に並べられた置物や調度品を叩き落とし、床に投げつけた。誰にも言えない、身を捩るような苦悩。オルガは部屋中のものに当たり散らした。置物を投げつけ、踏みつけ、カーテンをレールから引きちぎった。やがてそれにも疲れ果てた頃、オルガはすとんと床に座り込んだ。

「いっそ殺せ……」抜け殻のようになったオルガは、消え入りそうな声で呟いた。床に額を擦りつけ、背中を丸めた。

「いっそ殺してくれ……」

# 27

オルガは客人の名を確認した。イアン・オージェ。初老の政府要人だ。先ほどの出来事がまるで嘘だったかのように、オルガはプローゼであるオルガ・ミュールを完璧に作り上げ、客人のもとに向かっていた。

部屋に辿り着く。ノックをする。挨拶をする。ノブを回す。扉を開ける。微笑む。もう何度となく繰り返してきた作業だった。しかし、扉を開けたオルガは愕然と立ち尽くし、

「……今夜の私の客人はオージェの旦那様でしたが……」と口にして、そっと扉を閉めた。そこには、生真面目な顔をした私服姿のオークレールがいた。オルガの他にリリオはいない。

「驚きました……」浮かない顔で漏らし、オルガは辺りを警戒する素振りを見せる。周囲を警戒する。この動作もすでに癖や習慣のようなものになっていた。オークレールも追従して周囲に視線を走らせる。ボガードの手下の気配はない。あの一件でオルガをすっかり

信用しているということなのだろうか。それともこれが最後通告ということなのか。

「どうかしました？」オークレールは訊いた。オルガは首を横に振り、赤い唇を控えめに動かした。

「……レイナですね？」

しかし、オークレールは何も答えず、じっとオルガを見つめている。


レイナがオークレールの前に突然現れたのは二日前のことだった。顔を合わせるなり、レイナはオークレールに頭を下げた。レイナの何を知っているわけではないが、ブラガとのやり取りの中でブラガに負けるとも劣らずのプライドの高さを披露したこの男が、深々と頭を下げた。その様子から、余程切迫した何かがあることを悟った。

「オルガを助けてください。ここまで追い詰めてしまったのは私です。しかし、私にはオルガを救うことができない。よく知りもしないあなたに突然こんなことをお願いする失礼を、どうかお許しください。しかし、あなた様しかいないのです……どうか、オルガを助けてください……」レイナは涙声で訴えた。

「……それはエリク・ボガードが関係してるんですかい？」オークレールは無遠慮に訊い

た。レイナは目を見開き、顔を上げた。オークレールと目が合った。うっすらと涙の膜が張ったその目は、怯えているようにも見えた。レイナは目を逸らし、辛そうに口をつぐんだ。

「ボガードは何をしようとしているんです？」オークレールはまた訊いた。口調が鋭くなっていく。しかし、レイナは口を閉ざしたまま立ち尽くしている。オークレールは短く息を吐いた。

「俺はこれでも国軍少佐だ。悪党と内通している者を野放しにはできないし、かくまえば、俺だって裁かれる。この状況で俺を頼るあんたの意図がわからねぇ」オークレールの鋭い言葉に、真一文字に結ばれていたレイナの唇が動いた。

「……一緒に逃げてほしいのです。オルガが裁かれる前に。オルガと共に、よその国に逃げてほしいのです。後は私が何とかします」

オークレールははっとした。

「裁かれる？」鼓動が早鐘を打つ。

「……あの人は、何をしたんだ？」動揺を隠せない。オークレールは祈るような思いで声を発していた。数秒前までの余裕が崩れていく。レイナはオークレールを看破していた。

幼いあの日に出会った、初恋とも似た感情を抱いたあの人が、数年後に再会を果たすと、強大な影響力を持つプローゼになっていた。その人は狭い城に押し込められ、そこで一生を終えることを、いじらしくも受け入れて生きている。そんなあの人が今、あの城の中で想定し得ない有事に苦悩している。それを助けたいと思うのは当然であり、オークレールもまたそんな男の一人だった。オークレールは心の内を見透かされたような不快感ににがりきった顔になる。

「オルガはたとえ自分がどんな罪を犯そうと、アルカディアを守り抜こうとするでしょう。もはやその使命感は異常とも言えます。こんなことになったのは私の責任です。しかし……私は何もできない。追い詰めることしかできない。もう耐えられないのです。オルガが壊れていく様を見ていられない。どうかお願いです。オルガを連れて逃げてください……」

レイナはオークレールの質問には答えず、人目を憚らずに男泣きをした。オークレールは視線を足元に落とした。大の男が何でもない女のために涙を流すことなどない。この男もまたオルガに思いを寄せる者の一人だ。オークレールの読みが正しければ、この男の思いはすでにオルガにも届いている。レフラーと共にアルカディアを訪れた日のことが脳裏をかすめる。そんな男が自分に頭を下げ、恥も外聞も捨てて涙を流している。きっと身悶えするほど悔しいだろう。悩み、苦しみ、考えた末の行動なのだろう。ただひたすら追い求めるのではなく、身を引くことがこの男のオルガに対する愛情なのだ。オークレールは何も言えなかった。しかし、オークレールにはわかった気がした。レイナが沈黙を貫いた答えが、自分が最も望まないものであることを。オークレールは静かに口を開いた。

「……俺に何ができる？　あの人のために、俺は何をしたらいい？」


オルガは表情も変えず、ゆっくりと瞬きを繰り返している。少し伏し目がちだからか、その表情はひどく悩ましげにも見える。

「ねえさん、あんた、大丈夫なんですかい？」オークレールは心配そうに訊いた。オルガの頬がピクリと動く。オークレールは不安げな顔を小さく傾ける。オルガは思案するように視線を斜め下に落とし、覚悟を決めてオークレールの顔を見返した。

「私はここから逃げる気はございません」オルガは毅然として言った。それは、レイナのあの様子からオークレールが想像していた姿とはまったく違うものだった。オークレールは思わず拍子抜けしてしまった。オルガはそんなオークレールの戸惑いを見抜いたように穏やかな眼差しで続けた。

「もう決めたことです」

「……あんたを罪人にしたくない」

「まったく、レイナったら」オークレールの切願するような声をさらりと受け流し、オルガはゆっくりと立ち上がった。

「……せっかく来ていただいた客人にお酌もせず、失礼いたしました。さぁ、どうぞ」オルガはオークレールの横に座り、笑顔でオークレールに酒を勧めた。

「……それとも、お休みになりすか？」

「……ねえさん！」思わず声が尖った。

「俺はあんたを買いに来たんじゃねぇ」オークレールは声を落とし、重い口調で言った。

オルガはそっとオークレールの耳元に近づいた。

「寝室は音を通しません」

オークレールはオルガをじっと見つめた。

二人はベッドに並んで腰かけた。オークレールは所在なさげにオルガの様子を窺っている。すると、オルガの首筋の刺青が目に留まった。蒼い百合の花。これまで何度かオルガと話すことはあったが気づかなかった。

「……あぁ、これですか」視線に気づいたオルガは、刺青の上に手を置いた。

「若気の至り、とでも言いますか」オルガは弱々しく笑った。

「オークレール様？　少し私の昔話に付き合っていただけませんか？　おそらく聞いたことのある話かもしれませんが……」オルガは膝の上で手を組み、顔を傾けた。笑ってはいるが、本心ではないのがすぐにわかる。オークレールは、ちくりと胸が痛んだ。

「一人のリリオの話です。その娘はこの街で生まれました。特に裕福でもなく、貧しくもない普通の家で育ち、それでも何でもないことが幸せだった気がします。しかし、娘の父は一時の迷いから道を踏み外してしまいました。父は逮捕され、母と娘は街を追われて、二人で生きていくことに窮した母は、自ら命を絶ちました。

　されど運命とは皮肉なもので、娘は母を失ったその日に先代のアーベル様と出会い、拾われたのです」ここでオルガの言葉が途切れた。しかし、オルガの顔つきに変化はない。強張ることも、和らぐこともなく、ものわかりの良さそうな横顔をしていた。

「アーベル様は厳しいお方でした。強く、気高く、美しく生きろ。自分を捨てた者たちをいつか見返してやれ。アーベル様の口癖でした。娘はその言いつけを守り、必死に強くなろうとしました。弱き姿を見せるくらいなら死んだ方がましだ。そう自らに言い聞かせて生きて参りました。

私たちリリオにも色んな決まりがありまして、普通十歳を超えた娘が上級リリオのプローゼになることはありません。しかし、娘はひょんなことから前例のない大出世を遂げます。娘はたいそうな名声と富を手にしました。高価な貢ぎ物を身にまとい、男たちの見栄の張り合いの道具となりました……あれは娘が十九歳の時でした……」オルガの声が後半で少し震えて聞こえた。オークレールは横に目をやった。

「……提督閣下の命により、娘はこの国から、アルカディアから出ることを禁じられました。時の大提督閣下は娘にここで朽ちて死んでいくことを強いたのです」オルガの切ない声はオークレールの中にもしみ込んでくるようで、ひどくいたたまれない気持ちになった。

「娘はアルカディアから出る術を絶たれました。むしろ、この中でしか生きることができなくなりました。それでもいいと思っていたのです。これが私なのだと。されど」オルガはため息を堪え、くたびれたように笑った。

「一度立ち止まってしまったら、踏ん張っていたものが一つ崩れたら、全部バタバタ崩れてしまって……許せなくなってしまって……残念ながら、もう後戻りはできぬのです」オルガは右手で左腕の露出した部分を擦った。きっと寒いわけではない。やり場のない心細さの表れなのだろう。オルガが隔てた壁は何者の侵入も許さない。オークレールは自分の無力さに打ちのめされていた。

「オークレール様？　そんなに苦しそうな顔なさらないでください。少し横になられたらどうですか？」不意にオルガが顔を近づけてきた。オークレールは、ぎょっとしてオルガを見た。オルガは泣き笑いのような顔をしていた。オークレールが返答に窮していると、オルガはそっとオークレールの頭に手を置き、ゆっくりと自分の膝に倒した。オークレールはオルガに膝枕されるような形になった。オークレールからオルガの顔は見えない。

「オークレール様、こんな私が言えた義理ではございませんが、あなた様は私とは違う。あなた様はこの国に必要なお方です」オルガはオークレールの頭を優しく撫でながら静かに語りかける。

「だからどうか、もう私に関わらないでください。あなた様はこちら側に来てはいけない」オルガの声は震えていた。しかし、オークレールからその表情はわからない。オークレールは、オルガが意図的にそうしていることに気づいていた。

「……ねえさん、それじゃあ、もし、もしだ。これから先、この国が変わることができたら、変わったこの国であんたはどう生きていく？」オークレールは訊いた。オルガは目を丸くした。今まで先のことなど考えたこともなかった。オルガは考えを巡らせるように視線をさまよわせ、また寂しそうに頬をゆるめた。

「……ただ息をするように、何でもないことのように、生きてみたかった」

予想だにしない、捉えどころのない答えだった。オークレールは痛々しさと、虚しさで目の前が真っ暗になった。

「こんなところまでわざわざ足をお運びいただいたのに申し訳ありません。使いの者には余計なことをせぬよう、よく言って聞かせます。あなた様とブラガ様、お二人の過去を勝手に詮索し、仲違いをさせるような真似をしたことも申し訳ありませんでした。私のことは忘れてください。勝手なことばかり言って本当に申し訳ありません」

オルガは最後までオークレールに助けてとは言わなかった。ブラガとレイナの前で大見得を切った自分が惨めで情けなくて、涙が溢れてきそうだった。オークレールは息を止め、必死にそれを堪えた。オルガのすすり泣く声が聞こえる。しかし、オークレールにはそれを止めてやることも、拭いてやることもできなかった。

# 28

この日は雨だった。オルガは中指でこめかみを押した。気圧が低いせいで、ここ数日、頭痛がひどい。ふと、城の外に目をやると、見覚えのある男が立っていた。男と目が合い、オルガは軽く頭を下げた。激しい雨音が周りの音という音をさらっていくようだった。

オルガは階段を下り、その男のもとへ向かった。

「……傘くらい差せばよろしいのに」

「こんなもん持ってたら、見えるもんも見えねぇだろ」ブラガは不味そうに煙草の煙を吐き出すと、吸い殻を足で踏み消した。

「今度は何を訊きたいんです？　残念ですが、今晩は立ち話にしか付き合えませんよ」オルガの目はしきりに辺りの様子を窺っているようだった。

「どうした？」ブラガも周囲に目を走らせる。オルガは首を左右に動かした。

「……あんた、痩せたんじゃないのか？」ブラガは疑わしげに辺りに視線を配りながら訊いた。オルガは一瞬目を丸くし、ぎくしゃくした動きで小首を傾げた。

「……祝賀会の準備が色々忙しくて」苦笑するオルガの顔は、まだ決めかねているようだった。

「あと十日なんです」

「……あんた、ずいぶんと弱っちまったようだが、大丈夫なのか？」唐突に、ブラガが訊いた。オルガは我に返ったように瞬きをした。何かがふつふつと込み上げてくる。

弱った？　この私が弱った？　大丈夫か？　大丈夫なんかじゃない。大丈夫なんかじゃない！

オルガは不自然な笑みを浮かべていた。ブラガもその空気の変化に気づき、目元に不信感を滲ませる。

なぜわからない？　お前も、レイナも、オークレールも！　私はお前たちのことを思って言っているのだ。もう関わるなと！　表面張力でやっと保っていたものが、一気に溢れ出した。

「……なぜ、私の申し上げたことを誰も聞いてくださらないのですか？」オルガは下を向いたまま呻くような声を出した。聞き取れなかったブラガは訊ね返す。

「何だって？」

「どうして誰も私の言うことを聞かない⁉　私は誰も巻き込みたくないだけだ！」オルガは涙が宿った目でブラガを捉え、息を吸った。

「……私が何をしたっていうんだ⁉」オルガは叫んだ。その目からは今にも涙が溢れそうだ。ブラガは目を見開いた。初めて見たオルガの感情的な人間らしい姿だった。

「どうして私ばかりこんな目に遭うんだ⁉　私はただアーベル様の役に立ちたかっただけだ！　だから強くなりたかった！　でも」

ただひたすら、強くならなければと生きた十代だった。アーベルに認められたい。役に立ちたい。優しすぎるアーベルを守りたい。そのために、何ものにも屈しない絶対的な力が欲しかった。しかし、世の中には時に自分ではどうすることもできないことが起きてしまう。それに気づいたのもまた十代だった。それでも、アーベルが残した大切なものを守るために生きようと決意した二十代。私が守ってやるなんて鬱陶しいことを言うつもりはなかった。しかし、そうでも思わなければ、この空っぽの人生に意味を見出すことができなかった。

オルガは声にならない声で叫んだ。拳を握りしめ、歯を食いしばっている。目からは大粒の涙がこぼれ落ちている。ブラガは、おい、と言ってオルガに手を伸ばした。オルガはそんなブラガの手を払った。

「黙れ！　もう関わるな！」オルガは傘を放り投げ、ブラガを突き飛ばして走り出した。しかし、ブラガはそんなオルガの左腕を掴み、強引に自分の方に向き直らせた。

「言うだけ言ってとんずらか⁉　てめぇは本当に勝手な女だなぁ！」ブラガは凄みを利かせた表情でオルガの顔を覗き込む。オルガはその迫力に思わず気圧され、目をしばたたいた。

「守りたい。巻き込みたくない。お前さん、今なんて顔してんだよ？」ブラガはまるで同情するような目をしていた。オルガはカッとなってブラガの腕を振り払おうとした。しかし、ブラガはその右腕も掴み、さらに引き寄せた。

「お前、何でこんなとこで、俺なんかの前でそれを吐くんだよ？　もっと他にいるだろ？お前の周りにはそれを待っている奴がいるだろ⁉　何でそれを頼ってやれねぇんだ⁉」

オルガは厳しい顔つきで声を張り上げるブラガから目を逸らせなかった。

「失うのも苦しい。守るのももっと苦しい。それでも、ずっとそうしてきたんだろう⁉　誰も巻き込みたくねぇんだろ⁉　誰も頼りたくねぇんだろ⁉　だったら、てめぇで守れよ！　最後まで全部てめぇで守りやがれ！」ブラガはその手に力を込めた。オルガは目を瞠った。

「……だ、黙れ！」オルガは渾身の力でブラガの腕を振り解き、くるりと背中を向けて、走り出した。

「おい！　待て！」ブラガは追いすがるように叫んだ。しかし、その声はもうオルガには届かなかった。ブラガは乱暴に頭を掻き、傘を拾い上げた。雨は先ほどよりも強さを増していた。

## 29

オルガは城に戻り、途中であったリリオたちの呼びかけにも答えず、自室を目指し、廊下を全力で走った。すると、突如目の前に人影が現れた。

「おっと！　危ねぇなぁ！」オルガを受け止めたのはボガードだった。オルガは目を見開いた。

「放せ！」オルガはすぐ様ボガードを突き飛ばした。

「おいおい、お前さんが飛び込んできたんだろうよ？」ボガードは呆れたように笑った。

オルガは肩で息をしながらボガードを睨みつける。

「……何話してた？」ボガードは訊いた。オルガは唇を結び、答えない。

「……目、赤いぜ？」

オルガははっとして顔を背けた。ボガードは笑いを噛み殺し、右手を突き出した。オルガの襟を掴み、力任せに自分の方に向かせる。

「あんたが一番よくわかってるはずだ。自分が何をすべきか。今さら咎める気はねぇよ。あと十日だ。十日後あんたは何になっているだろうなぁ？　新しい国を造った英雄か？はたまた晴れて自由の身か、どっちだろうなぁ？」ボガードは目を見開き、口角を上げた。

「貴様がこれから造る国は、私のような人殺しを英雄と呼ぶのか？」オルガはすげなく言い返した。ボガードが真顔に戻る。オルガはボガードの手を払った。

「壊すことしか知らない者が築いた国の英雄など願い下げだ」

「……まだそんなこと言ってんのか？　じゃあ、あんたは何を得た？　利用されるだけ利用されて結局捨てられるんだろう？　そもそもこの国だって、壊して、殺して手に入れたんだろうよ」ボガードは呆れ果て、同情の色すら浮かべて吐き捨てた。しかし、オルガは動じない。ボガードはフンと鼻を鳴らし、頭を掻きながら屋敷の奥に消えていった。オルガはそれを見届けると、回れ右をして自分の部屋へ向かって歩き出した。

人は大声を出すとすっきりするとか気持ちが軽くなるというのは、どうも本当らしい。ブラガに当たり散らしたおかげで、先ほどまでの鬱々とした思いはいささか薄らいだようだ。あの男に言われたことを鵜呑みにするのはしゃくだが、肚は決まった。失くすのも守るのもどうせ同じくらい苦しむのなら、私は守るためにとことん苦しんでやる。ボガードを討つ。たとえ刺し違えたとしても。私の地獄行きはもう決まっている。十日後、混乱に乗じてボガードを討つ。それが終わったら、出るところに出て、裁きを受けよう。オルガは歩を速めた。

# 30

レイナはオルガの部屋へと急いでいた。先ほど、ボガードがいつものにやついた顔で馴れ馴れしく近づいてきた。

「オルガさん、まだ起きてきてねぇのか？　昨日様子がおかしかったぜ？　死んでんじゃねぇか？」

レイナの顔つきが変わる。

「また何かしたのか？」

「何もしてねぇさ。オルガさんに聞いてみるといい。まぁ、あの頑固女がお前さんに言うわけねぇか」ボガードは含み笑いを浮かべ、部屋から出ていった。

レイナの表情は硬かった。その後、オークレールからは何の音沙汰もなかった。オルガのことだ。きっとそうなるだろうとは思っていたが、予想通りだった。

「オルガ、俺だ。ちょっといいか？」部屋の前で声をかけたが返事はない。まさかと思い、レイナは扉を開けた。部屋を見渡すが、オルガの姿はない。レイナはさらに奥に進んだ。すると、浴室から人の気配がする。レイナはほっと胸を撫で下ろした。耳に心地いい音が聞こえてくる。レイナは吸い寄せられるように近づいていった。

「オルガ、俺だ。大丈夫か?」レイナは扉越しに訊いた。オルガからの返事はない。レイナは悪いと思いつつ、ゆっくりと扉を開けた。朝の日の光が差し込んだ浴室は、もやがかかっているような幻想的な空間だった。オルガはその中でバスタブに腰かけていた。オルガは顔だけをレイナの方に向けた。

「ボガードに何か吹き込まれたのか?」

「……返事くらいしろよ」レイナは眉の両端を下げた。オルガは顔を戻し、右手で湯船の湯を高くすくい上げ、落としを繰り返している。落とされた湯がバスタブの湯とぶつかり、小気味良い音を立てていた。

「昨日は遅くまで剣の稽古をしていたのでな。起きられなかった」

逆光で先ほどからオルガの表情がよくわからない。オルガは振り返った。

「レイナ、お前ここで生きていて良かったと思ったことはあるか?」

レイナは虚をつかれた顔で瞬きをした。オルガは目元を和ませ、また前に向き直った。

「何だ。お前と出会えたことだとでも言ってくれると思っていたのに、とんだ期待外れだ」言葉とは裏腹にその声は明るい。レイナは一瞬意味がわからないような表情をしてから、それが心に落ちたようにすっと視線を上げた。

「私はここに来て良かったと思ったことなど一度もない」オルガはまた振り返った。

「でも、お前という男に出会えたことだけは、感謝している」オルガのその笑顔には、何の計算も淀みもなかった。オルガはまた前に向き直った。湯船の湯に朝日が反射し、オルガは思わず目を細めた。しかし、その表情はレイナには見えない。レイナはそんなオルガの背中をただ眺めていた。綺麗な背中だった。こんなに美しい裸体を見るのは初めてだった。神々しいまでに朝日を浴びて輝くオルガの姿に、レイナは眩しそうにその目を伏せた。

## 31

祝賀会の前夜。オルガはアーベルの亡霊に会った。

その夜、オルガは眠れず、紙幣で紙飛行機を作っては飛ばしを繰り返していた。ふと、影が動いた気がした。ぎくりとして顔を向けると、そこにはアーベルが立っていた。オルガはゆっくりと瞬きをした。亡霊というのは、もっとおどろおどろしいものだと思っていた。

「……相変わらずのようだな」深みのあるアーベルの声。アーベルは部屋中に散らばる無数の紙飛行機を見渡し、苦笑を浮かべた。恐ろしくはなかった。懐かしさが何倍にも勝り、思わず顔が綻んだ。

「……オルガ、ここはなくなるよ」それはかつてオルガを幾度となく救ってきた重厚な声だった。しかし、今やその声もまたオルガの決心や覚悟の邪魔をしようとしていた。

「……どうして、アーベル様までそんなことをおっしゃるんですか?」

「……逃げてくれないか？　お前を死なせたくない」

オルガは黒目だけを動かして、アーベルを見上げた。アーベルのこんな祈るような顔を見るのは初めてだった。オルガは、ふーっと長くため息をついた。ついた息と一緒に体から力が抜けていき、オルガは背もたれに深く背中を預けた。

「おかしくなってしまいました」オルガは独りごちるように語り始めた。

「……そう、あの鏡、あの鏡にレイナが映ってからです」オルガは聞いている方が焦れてしまうような悠長な口調で話しながら、自分の部屋の鏡に目をやった。

「レイナが映って、イヴ様が亡くなって、ボガードが現れて、私はこの国に捨てられるそうです」そう言って、オルガはしゅんと項垂れた。

「……私なりに、私ができることを精一杯やってきたつもりでした。でも、若旦那様を追い詰めていました」

アーベルは目をつむり、オルガが口にした一語一語に対し、首肯を繰り返している。そしてオルガのもとに歩み寄り、そっとその肩に触れた。

「オルガ、お前は本当によくやってくれたよ。もう、十分だ。誰も悪くない。運命なんだよ」

オルガはアーベルの話の途中から顔を横に振っている。

「……勝手なこと言わないでください」オルガは顔を上げ、涙の滲む目を吊り上げた。

「運命なんて言葉で片づけないでください」

アーベルは絶句した。

「私がやって来たことは全部無駄だったってことですか？　だったら教えてください。その運命は、どうして私を選んだんですか？」

アーベルの顔が驚きと困惑で引きつる。

「ねぇ、アーベル様？　どうして私なんですか？」オルガはアーベルにすがりつくようにして訴えた。

「教えてください。どうして私が捨てられるんですか？　どうして、助けてくれないんですか？」瞬きと同時に涙の滴がこぼれた。

「……私は、人まで殺して」

「……オルガ」アーベルはむせび泣くオルガの両手を自分からはがした。

「すまない」

オルガは耳をふさぎ、激しく首を振った。

「……ボガードに会ってからダメなんです。決心しても、すぐに二の足を踏んで、ずっとその繰り返しで……私、こんなに弱くなかったはずなのに」オルガは泣きじゃくった。

どれくらいそうしていたのだろうか。顔をもたげると、そこにアーベルの姿はなかった。夢でも見ていたのか。オルガは涙を拭い、おもむろに立ち上がった。部屋を見渡す。紙幣で作った紙飛行機が無数に散乱しているだけの、さっきと何ら変わらない光景が広がっていた。やはり夢だったのか。夢など見たのはいつぶりだろう。私もいよいよのところまで来ているということか。オルガは自虐的に笑った。紙飛行機が広がる部屋は、足を踏み出す度にクシャクシャと音がした。

## 32

とうとうその日はやってきた。前々から用意をしていたはずなのに、やはりバタバタと落ち着かない。

オルガはたくさんのケイルに囲まれ、慌ただしく支度をしていた。ドレス、アクセサリー、扇、すべてがこの日のための特注品だった。オルガはふと外に目をやった。雨は降っていない。空が橙から紫色に変わっていく。ついに始まろうとしていた。

「完璧じゃねぇか」豪華なドレスを身にまとい、髪をまとめ、美しく化粧がほどこされたオルガを舐めるように見回したボガードは、腕を組んで満足げに唸った。カレルもその隣で上機嫌に頷いている。レイナは相変わらずの無表情で、その傍らに立ち尽くしている。

四人はカレルの部屋で計画の最終的な確認をしていた。祝賀パーティーは当主のカレルの挨拶で始まる。次に楽器の演奏、さらにオルガやその他のリリオたちの演舞の披露の後、客人たちは各々の部屋に戻る。オルガは別のドレスに着替え、客人たちの部屋を回り歩く。

ボガードの計画は、客人たちが部屋に戻ったその瞬間に潜んでいた手下たちに奇襲をかけさせ、その混乱に乗じ、上官不在の中央司令部に攻め込むというものだった。

「さぁ、オルガさん。新しい時代の幕開けだ」ボガードはにやりと歯を見せ、オルガの肩に手を置いた。

「今後、計画に変更はありませんね？」オルガは前を向いたまま愛想なく訊いた。ボガードの片方の眉がわずかに動く。

「ないさ」脇からカレルが答えた。オルガはカレルの方に目をやった。

「では、色々と支度がありますので、失礼いたします」オルガは淡白な口調でそう言って部屋を出ていった。そんなオルガの姿を、ボガードは険悪な顔つきで睨みつけていた。

演目が終わり、客人たちを各々の部屋へ戻るよう促した後、ボガードたちは一旦カレルの部屋へ戻り、手下たちに中央司令部を攻め込む指示を与える。オルガは着替えのためにニ人とは別の部屋に向かい、本来の部屋ではなく、レイナが用意した部屋で動きやすい洋服に着替え、レイナと落ち合い、アルカディアを出る、というのがレイナの計画だった。

しかし、オルガの中にはもう一つの計画があった。着替えを済ませた後、ボガードのもとへ向かい、ボガードを討つ。オルガの顔は緊張のためか、やや青ざめていた。

昨夜、もう誰も足を踏み入れないことを確認し、レイナの用意した部屋にこっそりと剣を置いてきた。部屋にはすでにオルガの着替えが置いてあった。それらはすべて男物だった。

リリオたちの控えのために用意された部屋には、支度を終えたリリオたちが緊張の面持ちで振りの確認などをしていた。オルガが扉を開けると、リリオたちの視線は一様にオルガに注がれた。その美しい姿にあちこちからため息が漏れる。オルガはふっと息をつき、口元をゆるめた。

「今宵を素晴らしい夜にしよう」

# 33

この日のために飾りつけられた大広間には、続々と招待客が集まり始めていた。広間の中央の舞台を囲むようにして、客人で埋め尽くされる予定となっている。椅子には客人たちの名前が書かれたプレートが置かれている。オルガが自ら書いたものだ。舞台を取り囲む一番前の席は、とてつもない金額で取り引きされた、まさにプラチナチケットだった。

オルガはそでから広間を窺った。政府の要人たちや軍の高官、貴族、隣国の国王縁者など見知った顔ぶれがあった。少し後ろの方にはレフラーの姿も見える。

「どうした?」後ろからレイナが声をかけてきた。

「……レイナ」オルガは俯いた。

「すまない。やはり私はここを捨てられない」

「……言うと思ったよ」

思いがけない言葉に、オルガは思わず振り返った。レイナはゆっくりとオルガの隣までやってくると、舞台の方を見つめ、唇の端をゆるめた。

「お前は本当に身勝手な女だ。でも、こんな女に惚れてしまったのだから仕方ない」

オルガは戸惑いを浮かべた目でレイナを見上げている。レイナはオルガの手を握った。

オルガは視線を握られた左手に向けた。

「好きにしろ。俺はお前を守る。男に二言はないさ」

オルガは唇を動かしかけたが、さっと下を向き、何度も瞬きをした。何も言わず、レイナの肩にそっと額をつけた。

「やめろ。化粧が崩れるだろ」


太陽が姿を消し、すっかり夜が満ちた頃、カレルの挨拶と共にオルガの誕生祝賀パーティーは幕を開けた。何も知らない客人たちは、主役のオルガ・ミュールの登場を今か今かと待ち侘びている。カレルはまず、客人たちに礼を述べた。さらに父・アーベルからアルカディアを継いだ時の自らの心境やこれまでの苦労、アルカディアのあるべき姿について熱く熱く語っている。まさか自分の前で熱弁をふるっているこの男が、過激派の民主化運動のテロリストと手を組み、これから自分たちを殺そうとしているなどと、客人たちは露ほどにも思っていない。

ずいぶんと予定を押して、カレルの挨拶は終わった。

「それでは皆様、長らくお待たせいたしました。これよりアルカディアが誇るリリオたちの演舞の披露へと移らせていただきます。これはオルガ・ミュールが皆様のために考えた振り付けにございます。どうぞ、心行くまでお楽しみください」まるで一人で演説でもするかのように誇らしげに締めくくったカレルは、客人たちの割れんばかりの拍手を受け、そでへと下がってきた。

演奏は静かに始まった。リリオたちは広間に出て、客人たちに酒を振る舞い始める。おそらく客人たちは演奏など耳に入ってはいないだろう。皆が皆楽しそうに笑っている。リリオたちは頃合いを見て舞台そでに集まってきた。時は来た。

「さぁ、行っておいで!」舞台が静まったことを確認し、オルガはリリオたちを鼓舞するように勇ましい声を上げた。リリオたちは引き締まった表情でいっせいに仮面をつけ、行け!　というオルガの合図と共に、悠然と舞台へ向かって歩き出した。客人たちから歓声とどよめきの声が上がった。リリオたちは皆同じ赤いドレスを身にまとい、赤い仮面で目以外のすべてを覆っている。それは何とも妖しげで異空間を思わせた。リリオたちは綺麗に整列すると、ギターのもの悲しげな音色に合わせて、まるで水の中を泳ぐかのように、ゆったりと大きく舞い始めた。どこからともなく感慨深げな声が聞こえてくる。

やがて曲も中盤に差しかかった頃、そでから一人のリリオが現れた。そのリリオは他のリリオたちよりも豪華できらびやかな赤いドレスを身にまとい、赤い仮面で鼻から上だけを隠している。口元が露わになっているせいか、妖しさの中に危険な色気すらも感じられる。客人たちから黄色い歓声が上がった。客人の誰もがそれがオルガであることに気づいていた。オルガはリリオたちの真ん中に陣取り、艶やかに舞い始めた。客人たちからうっとりとするようなため息が漏れる。オルガはまるで自らの翼であるかのように赤い扇を操った。優雅に、強かに、時に荒々しく。ギターの切ない音色が激しくリズムを刻んでいく。それに触発されるように客人たちの熱気も高まりを見せていく。オルガは仮面に手をかけた。ギターの音がやむ。オルガは仮面を高く放り投げた。一瞬静まり返った客席から大歓声が沸き起こる。気づくと他のリリオたちの姿はなく、広い舞台の真ん中で、オルガは一人で舞っていた。

その表情は見る角度によって、妖艶にも、悲しげにも見える。広間は静まり返り、客人たちはオルガにくぎ付けになっていた。息をするのも忘れるほど、熱心に見入っている。オルガは目の端で、口を半開きにして見入っているレフラーの姿を捉えた。

終盤、仮面を外したリリオたちが舞台に戻り、また全員で舞い始めた。赤い花が咲き乱れる。火の鳥が翼を広げる。金魚が水の中をゆらめく。舞台の上には、そんな情景が広がっていた。ギターの音がやむ。全員が天を仰ぐような仕草で踊りは終了した。

誰もが息を飲み、広間はひっそりと静まり返っていた。一呼吸置いて、客人たちからいっせいに割れんばかりの喝采の拍手が鳴った。それに包まれ、オルガはやっと安堵の表情を見せた。オルガは客席に向かって深々と頭を下げた。方向を変え、すべての客人たちに向かって何度も頭を下げ、最後に舞台にそっとキスをして、拍手と歓声に見送られながら舞台を後にした。

## 34

レイナが用意した離れから広間の様子は窺うことはできない。あと二つですべての演目が終わり、客人たちが各々の部屋に移動を始める。チャンスは何度とない。オルガは着替えを済ませ、邪魔にならぬよう髪は右耳の横で三つ編みにして姿鏡の前に立っていた。背筋はすっと伸び、表情は硬い。例によって拳銃を背中に忍ばせ、右手には剣が握られている。オルガはその覚悟を確認するように刺青の上に左手を置いて目を閉じ、深呼吸を一つして目を開けた。

「ドン！」

突如爆発音が城中に響いた。遠くで銃声が聞こえる。客人たちのボディーガードが発砲しているのだろう。猜疑心の強いボガードは、手下に銃を待たせない。いつ自分がやられるかわからないからだ。それに、手下など使えなければ切って捨てる駒ぐらいにしか思っていない。

オルガの顔が俄然険しくなる。オルガは自分自身を奮い立たせるように、よし、と言って部屋を出た。

きっと、オルガ自身も無傷というわけにはいかない。良くて相討ちか、おそらくは……しかし、これを逃せば次はない。自分で蒔いた種は自分で刈る。ボガードは今、カレルとレイナと共にいるはずだ。そこまで行けばレイナの協力を得られる。オルガは、彼らがいるであろう部屋へと急いだ。

　その頃、上官たちが祝賀パーティーに出かけ、静かになった中央司令部では、ブラガとオークレールが夕食を取っていた。上官たちに仕事を押しつけられるような形になったため、予定のあったブラガの機嫌はすこぶる悪い。

「そんなにイライラしないでくださいよ。こっちが気ぃ遣っちまう」オークレールは、時折フォークと皿をぶつけて音を立てるブラガに嫌気が差したように上目遣いで言った。

「おめぇが俺に気ぃ遣ってくれたことなんてあるのかよ？」ブラガはオークレールを見ずに煙草に火をつけた。視線を感じる。目の端に、オークレールの顔がまだこちらに向けられているのが映った。

「あぁ？　何だよ？」いらついた声を上げたブラガだったが、オークレールの視線は自分ではなく、はるか後方に向けられていた。つられて、ブラガも後ろを向く。

「火事……？」オークレールはその方向を指差した。

「アルカディアの方じゃねぇか！」ブラガは急いで他の隊員を呼び、アルカディアと連絡を取るように命令した。

「ダメです！　繋がりません！」隊員の一人が叫んだ。

「大佐！　こっちもダメです！」

ブラガは鋭く舌打ちをした。

「ドォーン！」

次の瞬間、凄まじい爆発音と共に激しい炎が上がった。その部屋の全員が同じ方向を見て、言葉を失っていた。

「クソ！　車を出せ！　アルカディアに向かう！」ブラガが叫んだ。

## 35

凄まじい爆音と衝撃に、オルガは咄嗟に耳を覆い、声を上げてしゃがみ込んだ。ギュッと閉じられた目を開ける。用心深そうに周囲に視線を配りながら、オルガはゆっくりと立ち上がった。城を爆破するなど計画にはなかったはずだ。全身の血が騒ぎ始める。混乱する頭で考えを巡らせたが、答えは一つしかなかった。やられた。思い及ぶが、もう遅かった。オルガは感情をぶつけるように太ももを拳で叩き、爆音のした方向に向かって走り出した。

廊下の角を曲がったところで、オルガは目を剥いた。そこは辺り一面が焼け焦げ、煤で真っ黒になっていた。オルガは歩をゆるめ、真っすぐに続く廊下を進んでいく。壁にめり込んでいたものは大広間の扉だった。足元の黒い塊に目をやった。人の形をしている。焼け爛れて顔はわからないが、赤いドレスをまとっているように見える。

オルガはまた角を曲がる。そこで息を止めた。先ほどまで祝賀会の会場となっていた華やかな大広間からは、炎と真っ黒な煙が上がり、異臭が立ち込めていた。それはおそらくは舞台設備や人の肉が焼ける臭い。

オルガはメラメラと揺らめく炎を呆然と眺めていた。動く人影はない。ボガードは客人やリリオたちを自分の手下もろとも吹き飛ばしたのだった。焼けた人間の脂が空気中に飛散しているのだろうか、熱気に触れた部分がべたついてくる。オルガは足元に視線を落とした。そこにはオルガの上客であったエルキンが身につけていたのと同じ腕時計をした黒い肉塊があった。その隣には複数のリリオと見受けられる黒い塊も転がっている。

オルガはうつけたように立ち尽くしていた。計画に変更はないと言っていた。他のリリオやケイルにも手を出さないという約束だった。俄かに受け入れがたい現実を前に、オルガは目を開けながら、別世界に誘われる感覚に襲われた。

「……馬鹿者が」しかし、オルガは逃避しようとする自分自身を叱責し、しっかりと目を開けた。この現実を見届けなくてはならないと思った。その目には、涙の膜と燃えるような怒りが宿っていた。オルガは体を反転させ、また走り出した。

途中に通り過ぎた部屋の者たちも、すでに息はなかった。ボガードたちの姿もない。オルガは腹筋に力を込めた。

「え……」それはある部屋の前を通り過ぎた時だった。オルガの心臓が、ドクンと大きく弾んだ。衝撃のあまり、体勢を崩しそうになった。オルガはぎくしゃくとした動きで足を止めた。見開かれた目が忙しなく動き回っている。嘘でしょ？　そう言い聞かせながらオルガは振り返った。隙間から見えたその光景に、体の奥が震え上がるのを感じた。顔が熱い。オルガはその部屋へ近づいていく。体がそれを拒絶しているかのように、足が上手く動かない。

オルガは扉に手を置いた。本能が、やめろ、と叫ぶ。オルガは覚悟を決めて扉を押した。そこには横たわるレイナと、それを取り囲むボガードの手下たちの姿があった。心臓が凍りつく。

「……レイナ！」絞り出すように叫び、駆け寄った。レイナの左胸からは、おびただしい血液が流れ出ていた。オルガは膝をつき、レイナの顔を覗き込んだ。息をしていない。

「レイナ……」返事はない。世界が色を失っていく。ほんの一瞬が、永遠に感じられた。心臓が鼓動することを忘れ、無機質な世界が広がっていく。ザーザーと耳の奥で雨音のようなものが聞こえ始める。視覚が徐々に色彩を取り戻す。やがて、色味を取り戻した世界でオルガの目に再び飛び込んできたのは、空っぽになったレイナの青白い顔だった。

「……貴様らがやったのか？」オルガは低い声で訊いた。レイナがこんな三下相手にやられるわけはなかった。レイナを殺したのはあいつに違いない。すると、男たちは顔を見合わせ、下品な笑い声を上げた。

「その刺青、お前、オルガ・ミュールだな？　ボガード様がお探しだ。ついてこい。お前もじきにこいつのところに行けるだろうよ」男は他の男たちに、なぁ、と相槌を打ってまた大声で笑った。よく喋る男だ。オルガは剣に手をかけた。血液が逆流を始める。こめかみが脈動する。男たちはそれに気づいていない。

「何だ？　腰が抜けちまったのか？　ほら、手ぇ貸してやるよ」手下たちの中で一番年長だと思われる男が、低劣な笑みを浮かべながら手を伸ばしてきた。オルガは即座に剣を抜いた。その瞬間、獣のような悲鳴が上がった。男は腕を押さえながら床の上で悶え、のたうち回っている。その脇には、先ほどまで男についていた右腕が転がっていた。オルガは剣を高く振り上げ、思いっきり振り下ろした。男の首が胴体から離れた。オルガを血しぶきが襲う。手下たちはどよめき、狼狽した。オルガはゆっくりと男たちの方を向いた。剣からは、ポタポタと血がしたたり落ちている。オルガは不快そうにそでで顔を拭い、殺意の滲んだ目でまた手下たちを捉えた。

「貴様らの主のもとへ案内してもらおう」

その迫力に、手下たちは一瞬たじろいだ。

「っふざけんな！　構うな！　殺せ！」手下の一人がぶるっと頭を振って叫んだ。

真剣勝負は命のやり取りだ。切る側に回らねば自分が死ぬ。しかし、命を奪う側に回ったとしても務めがある。それは、目を逸らさず最期をしっかり見てやることだ。それが殺める者の礼儀だ。レイナは言っていた。本人も師匠から言われたらしい。

目を逸らすな。その者の命の炎が消えるその瞬間まで絶対に逸らしてはならない。レイナの言葉が蘇る。オルガは一人をかわし、二人目の剣を受け流し、その首めがけ、剣を振り下ろす。手下たちが息を吸う音が把握できた。呼吸を合わせる。動きが見える。オルガは素早く振り返り、体勢を崩している一人目の首めがけて剣を振り下ろした。

いいか、女は男と比べれば非力だ。これはどうすることもできない。それでも対等に戦いたいのであれば、頭を使え。長期戦になれば勝機はない。一太刀で急所を切れ。首、頸動脈、ここを狙え。

厳しい稽古だった。レイナはオルガがリリオであることなど関係なしに、本気で剣術を叩き込んだ。辛いと思ったこともある。しかし、自ら望んだことだった。

オルガは手下たちを次々となぎ倒した。白い上衣がどんどん赤く染まっていく。一人の剣がオルガの左肩をかすめた。切り裂かれた部分から白い肌が覗いた。出血しているようにも見えるが、返り血にも見える。刃を受けても、オルガの表情が変わることはない。驚きもしない。痛みに顔を歪めることもなく、剣を振り続けた。その目はしっかりと開かれ、何も見逃しはしない。そんな執念のようなものすら感じられた。

最後の一人を倒した頃には、さすがに息が上がっていた。オルガは全身を大きく上下させ、剣をピュッと振って血を払うと、しっかりと鞘に収めた。呼吸を整えながら、オルガは目を閉じ、眉間に力を入れた。振り返らない方がいい。このまま去るべきだ。オルガは入り口に向かって歩き出した。しかし、足が止まる。後ろ髪を引かれ、堪らずオルガは振り返った。その視線の先にはレイナの姿があった。当たり前のように、先ほどとまったく同じ体勢で横たわっている。オルガはその亡骸に駆け寄り、跪いた。

ついさっき、お前を守ると言っていた男が、ここにいるのにもういない。オルガは壊れ物にでも触れるような手つきで、レイナの顔をそっと両手で包んだ。大切な者との別離がこれほどあっさりとやってくるとは思わなかった。とてつもない悲しみが押し寄せ、オルガはレイナの体を強く抱きしめた。レイナが動くことはもうない。オルガはレイナの瞼にそっと自分の唇を重ねた。ずっと、こんな風に触れたかった。最初で最後の口づけは、冷たい死の味がした。

オルガはそっとレイナを戻し、立ち上がった。視界の端に煌々と光の灯るランプが見えた。オルガは歩き出す。この時、初めてわかったことがあった。人間は悲しみの限界を超えると、涙さえ出てこない。

ほどなくして部屋の隅まで来ると、オルガはランプを手に取り、そのまま床に落とした。小さな炎が、瞬く間に大きくなっていく。オルガは自らの手でアルカディアに火を放った。もう、汚れてほしくなかった。見たくないものを全部、消してしまいたかった。

扉の少し前でオルガは足を止め、顔だけをレイナの方に向けた。いっそこのまま一緒に燃えてしまおうかとも思った。レイナをこの腕に抱きしめたまま、アルカディアと共に灰になり、風に舞って消えてしまいたいと思った。しかし、オルガは唇を噛みしめ、右足を踏み出した。

## 36

部屋を出た瞬間、何者かの気配にオルガは素早く剣を抜き、それを何者かに向けた。

「……ブラガ様!?」

「……こいつはいったい何の騒ぎだ?」ブラガは一瞬目を丸くし、表情を険しくして訊いた。ブラガもまたオルガに銃を向けている。ブラガはオルガが出てきた部屋の方にちらりと視線を走らせ、次にオルガを上から下へじっと見つめた。

「てめぇがやったのか？」

オルガは答えず、警戒の色を強くする。すると、オルガが出てきた部屋から銃を持った腕が伸び、それはブラガに向けられた。

「……ブラガさん、それじゃあ聞き出せるもんも聞き出せやしませんぜ？」その声の主はオークレールだった。ブラガとオルガは目を見開いた。

「おいおい、お前さんたち組んでやがったのか？」ブラガは、勘弁してくれよというように唇の端を曲げた。

「そんなんじゃねぇですよ」オークレールは無表情で答え、オルガに目配せしてきた。オルガは慎重に、ブラガに剣を向けたまま数歩後退した。オークレールが何を考えているかわからない。これも何かの作戦で、この後二人で奇襲をかけてくる気なのか。そうなれば、オルガに勝ち目はない。

「オークレール様、私には理解できません。この状況で、なぜあなた様は私を庇いだてするような真似をなさるのですか？」

オークレールが自分に特別な思いを抱いていることは知っている。しかし、この状況でオルガに加担したと知れれば、オークレールは司令部での立場を失うだろう。それだけは避けなければならなかった。

しかし、オークレールは何も言わず、ブラガに銃を向けている。ブラガが不思議そうな顔で二人を見比べた。組んでいるわけではない、それならば、なぜこの男は自分の邪魔をするのか、そんなことを考えているのだろう。オークレールに動く気配はない。オルガは注意を払いながら、ブラガとオークレール、二人を交互に見つめ、さらに数歩後ろに下がると、意を決したように駆け出した。

「あっ、おい！　待て！」後ろからブラガの声が聞こえた。しかし、二人が追ってくる様子はない。オルガはその部屋を目指し、全力で走った。

オルガの背中を見送った後、オークレールは銃をしまい、何事もなかったかのように自分が出てきた部屋に戻っていった。ブラガはオークレールの肩を掴み、自分の方を向かせ、胸ぐらを掴んだ。

「何考えてやがんだ！　やすやすと逃がすような真似しやがって！　大将たちもあいつにやられてるかもしれねぇんだぞ!?」ブラガの声は怒りで震えていた。

「あの人の口の堅さはブラガさんが一番知っているでしょう？」オークレールはそう言ってブラガの手を自分から離し、部屋の奥に向かって歩き出した。炎が先ほどよりも大きくなっている。ブラガは右腕で顔を熱気から守りながら、オークレールの背中を追いかける。

「これ、ここの用心棒でしょ？」一人の亡骸の前でオークレールが口を開いた。ブラガは、えっ、と口の中で叫び、小走りでその亡骸のもとに近づいた。それは間違いなくレイナだった。

「あの女、自分とこの用心棒も殺しちまったっていうのかよ？」ブラガは驚きで顔を引きつらせた。オークレールは黙って首を横に振り、複雑な表情を浮かべた。

「そうじゃねぇ。あの人はこいつを殺せない。見てください。用心棒は胸を一突き。その奴らは全員首を一太刀でやられてる。こいつらはきっと客ではないでしょうね」

ブラガははっとした。

「首を一太刀って。まさか……」

オークレールは頷いた。

「あの通り魔はおそらくねえさんの仕業だ。さっき確認したら、男たちはまだ温けぇが、用心棒は冷たくなり始めてました。用心棒を殺されて頭に血が上ったねえさんが、男たちを切り殺した。そう考えるのが自然な流れじゃねぇですかい？」オークレールは物憂げな表情でレイナの亡骸を見下ろした。

「だからって人殺しを逃がしていいって言うのか？」ブラガは即座に言い返す。オークレールはまた黙って首を横に振った。

「ブラガさんの言いたいことはわかります」しかし、言葉が続かない。ブラガの視線が突き刺さる。オークレールは唇を舐め、真摯な目でブラガを見つめ返した。

「ブラガさん、ねえさんを悪人にしたくなくて今まで黙っていたが、ねえさんとボガードは組んでる」

ブラガの目が見開かれた。

「ボガード……」

オークレールは首を縦に動かした。

「奴は今、この城にいます」

ブラガの周囲の空気が一変した。

「知ってたのか？」ブラガの声色が変わった。

「はい」オークレールは短く答え、全身を硬直させた。

「どうして黙ってた？」これほど殺気立つブラガを見たのは、生まれて初めてだった。

「……すみません」言い訳は許されない。オークレールは、こう口にする他なかった。

「本当ならこの場で粛清するところだが」そう言って、ブラガは右手に銃を準備し、ちらりと目を走らせた。

「俺一人じゃ大将たちは探せねぇ。あの女は罪人だ。肚決めろ」

オークレールの顔が変わる。

「……チャンスをやる。大将たちを無事に見つけたら全部不問だ」

二人は部屋を飛び出した。

## 37

その眼下には、漆黒の闇と共にディルアス国が広がっていた。やっと、やっとだ。俺の時代が来た。カレルは込み上げてくる笑いを堪えるのに必死だった。カレルは自室でその街並みを見下ろしていた。

アルカディアの当主の部屋は代々最上階に構えると決まっていた。父・アーベルもそうだった。これで超えられる。俺はあいつよりも強い男になったのだ。アルカディアは、この国は俺のものだ。カレルは笑いを噛み殺した。するど、その時首にひやりとするものが当たった。それが剣だということはすぐにわかった。カレルの顔から笑みが引いていく。余程急いでこの部屋へやってきたのか、その者の荒い息遣いが聞こえてくる。

「主に牙を剥くか」カレルは抑揚なく言った。

「なぜ、レイナを殺した？」オルガは憎しみの滲んだ目でカレルを捉え、低い声で訊いた。剣の主はオルガだった。カレルははっと笑い飛ばした。

「オルガ、お前はいつからそんな愚かな女になったんだ？」

「質問に答えろ！」オルガは語気を荒らげた。カレルからまた笑顔が消える。

「お前が悪いんだよ」カレルは振り返り、不気味なほど穏やかな口調で答えた。笑ってはいるが、その裏に酷薄な感情を秘めているのは確かだった。オルガの顔に緊張が走る。

「……若旦那様、それは」

「若旦那じゃない！　旦那様だ！」突如、カレルが怒鳴り声を上げた。オルガはビクッと身を震わせ、恐怖に満ちた目でカレルを見た。カレルはその身をわなわなと震わせている。

「どいつもこいつも若旦那、若旦那！　俺はもう若旦那じゃない！　旦那様だ！　旦那様と呼べ！　このアルカディアの！　アルカディアの当主なんだ！」カレルは自分の大きさを示すかのように両手を広げ、もの凄い形相でオルガの剣を掴んだ。小さく震える拳から溢れるように血液が刃を伝う。オルガは目を逸らすことができなかった。

「それなのにお前はっ！　全部持っていった！　俺からすべて奪った！　父上も！　リリオもケイルも！　みんなだ！　だから殺してやった！　お前が大事にしてきたものを全部奪ってやった！　俺を怒らせるとこうなるんだ！　この身のほど知らずどもが!!」カレルは高らかに笑った。しっかりと見開かれた血走った目。その普通でない様子に、オルガは恐ろしさを覚えた。

カレルが十八歳の時、オルガはアルカディアにやってきた。気の強い娘。カレルがオルガに抱いた率直な印象だった。父・アーベルはいつもオルガを見ていた。カレルがそれを見ていることに気づかないくらいに。オルガはカレルを「若旦那様」、レイナを「レイナ」と呼んだ。オルガはレイナによく懐き、カレルとは少し距離を置いた。当主の息子とリリオという間柄であれば、当たり前のことのように思えるが、カレルにはそれが理解できなかった。そして、時間の経過とともに、カレルの不満はどんどん大きくなっていった。

そんな中、アーベルがこの世を去った。この時カレルは父を亡くした悲しみよりも、これでオルガの視線が当主である自分に向くという期待の方が大きかった。しかし、オルガはアーベル亡き後、自分がアーベルに代わってここを守っていくと奮起し、他の者たちもそんなオルガを慕い、オルガを頼った。当主のカレルではなく。

アルカディアを奪われる。唐突に込み上げる焦燥感に、カレルはおかしくなりそうだった。

さらに、追い討ちをかけたのはレイナの存在だった。オルガの視線は常にレイナを追っていた。それはレイナもまたそうだった。どうしてなんだ？　どうして俺ではないんだ？　どうして誰も俺を頼ってくれない？　当主は俺なのに！　大切に大切に育てられたカレルは、常に自分が世界の中心であり、それを疑うことを知らずに成長した。もちろん、オルガにアルカディアを奪う気などなかった。しかし、カレルにはもうわからなかった。

カレルの拳から溢れた赤い液体が、ポタポタと床に落ちる。オルガはそれを瞬きもせずに見下ろしていた。

「言っておくが、お前は殺さない。一生俺のもとで生き続けるんだ！　俺を馬鹿にし続けた罰だ！　死んだ方がましだと思うような一生を送らせてやる！」カレルはまた高らかに笑った。すると、突然カレルの顔が固まり、その視線はオルガの後ろへと向けられた。オルガは振り返った。そこにはボガードが手下の男たちと共に立っていた。ボガードは口元を押さえ、俯きがちに肩を震わせている。間もなく、空咳を一つして懐に手を入れた。懐から出てきた手には銃が握られていた。ボガードは銃口をこちらに向け、唇の両端を吊り上げた。オルガはギュッと目をつぶる。

「バーン！」

次の瞬間、鼓膜が破れそうなほどの大きな乾いた音が響き渡った。オルガは目を開けた。生きている。痛みもない。しかし、ボガードが構えた銃の銃口からは、煙が立っている。

「みっともねぇったらねぇなぁ……当主様よぉ」ボガードはひときわ冷淡な口調で吐き捨てた。後ろから、どさっと重たいものが落ちるような音が聞こえた。オルガははっとして振り返った。そこにはカレルが目を見開き、大の字で横たわっていた。額には小さな穴が開いている。オルガはボガードの方に向き直った。ボガードは銃をまた懐にしまった。

「よぉ、いい色のシャツじゃねぇか」ボガードは平然とそう言って、また笑みを浮かべた。

オルガは全身に力を入れた。

「……初めからこうするつもりだったんだな？」オルガは訊ねた。血の滲むようなその声に、ボガードは顔を綻ばせる。人の感情を逆撫でするのが得意な男だ。これに反応したら負けだ。オルガは自分に言い聞かせていた。ボガードの後ろにいた男たちがオルガを取り囲んでいく。

「初めからではねぇな。これは嘘じゃねぇ。でも、あんたを見てると何でか無性に腹が立ってなぁ」ボガードは気怠そうに後頭部を掻き、続ける。

「でも、ここまでご主人を追い詰めたのはあんただぜ？　それに俺に話を持ってきたのは、そこの当主様だ。お前さんをこのアルカディアごと潰してくれってな。無様だなぁ。憂き世の楽園アルカディアの当主ともあろう男が、一介のリリオ相手に散々振り回された挙げ句がこれだ。まぁ、もともと当主って器じゃなかったんだろうよ」ボガードはせせら笑い、嬉しそうに首を傾けた。

「俺を恨むか？　裏切ったと罵るか？」

「……舐めるな。もとより貴様のことを信じた覚えなどない」オルガの目は、ボガードを刺し貫くようだった。ボガードの口角が上がる。

「あんたやっぱり大した女だ。提督閣下はこの城ごと吹っ飛ばしてやった。計画はおおかた成功だ。色々と邪魔はされたがな」ボガードは後ろの男に合図した。その男は一旦部屋を出ていき、何かを片手に抱え、また部屋に戻ってきた。オルガは大きく目を見開いた。

男はそれをオルガの目の前に放り投げた。

「ニーナッ！」オルガは跪いた。それは、オルガが内密に城の者たちの避難の誘導を命じていたケイルだった。ケイルはすでに息絶えていた。

「何を訊いても最後まで何も答えなかった。大したお嬢さんだ。でも、本気で俺の邪魔をしたかったらこんなんじゃ足りねぇよ」ボガードはまたうすら笑いを浮かべた。

「俺はこいつらにこう命じた」ボガードは手下たちをぐるりと見回し、またオルガを見た。「オルガ・ミュールを除き、ここにいるすべての人間を一人残らず抹殺しろってな。これからの新世界に奴らは必要ない。俺が本当にここの者たちを生かしておくと思ったか？あんたもほとほと詰めの甘い女だよ」ボガードは見下げたように唇の端を歪めた。オルガはゆっくりと立ち上がり、剣をボガードに向けた。オルガを取り囲む男たちも一様に剣を抜く。オルガは視界の端で男たちを確認した。先ほどの五倍はいる。オルガはふっと小さく笑った。

「これだけの殺意をまとった男たちを並べると圧巻とさえ言えるな。この私でさえ、一晩にこれだけの男たちを相手にしたことはないぞ」

ボガードが呆れたように肩を上げた。

「……おいおい、ショックで理性が吹き飛んじまったか？」

オルガは息を止める。やり場のない悔しさ。取り返しのつかない後悔。涙で視界がぼやけ始める。

「……来ねぇのか？」ボガードは自分に向けられた剣先を見つめ、平坦な声を発した。失くしたくないものはいくつもなかった。だから必死に守ってきた。そのためなら、どんな屈辱にだって、恥辱にだって耐えてきた。それをこんな男に全部持っていかれた。オルガは奥歯を噛んだ。オルガのそんな様子をボガードは冷ややかな、同情さえ窺える目で眺めている。

「あんたは最後までそうなんだな。つまらないしがらみに囚われ、逆転のカードを逃す。それで満足か？」

「……黙れ!!」オルガは声を張り上げ、剣を両手で構え直した。

「あんた、殺すには惜しいくらいいい女なんだが、側に置いておくにはちっとおっかねぇもんなぁ」ボガードは左手を腰に当て、しらじらしく困ったような表情を作ってみせた。しかし、すぐに真顔に戻り、言い放った。

低く構え直した。

「やれ」ボガードの声と共に男たちがいっせいにオルガに切りかかった。オルガはさっと低く構え直した。しかし、一人の男の剣がオルガの背中を切りつけた。オルガは顔をしかめ、よろめきながら剣を振り、振り向き様にその男の腕を切りつけた。この男たちに一対一などという節操はない。何より、この人数相手では分が悪い。手負いの上に、ここまでの戦いでだいぶ疲労もしている。オルガに勝機はなかった。ボガードを討つ前にやられる。オルガは身を翻し、体勢を立て直そうと一人を切りつけ、逃げようとした。その時だった。

「バーン！」

またあの音が響き渡った。部屋がシンとなり、全員の視線がボガードに向けられた。銃口からは煙が立ち上っている。熱い。脇腹を見ると、シャツがじわじわと赤くなっている。激痛が走った。オルガは顔を歪め、そのまま前のめりに倒れた。ボガードは顔色一つ変えず、銃をまた懐にしまいながらオルガに近づいてくる。

「背負ったもんに潰されるんじゃぁ世話ねぇな」ボガードは軽蔑さえ見て取れる表情でオルガを見下ろした。

「お前さんは抱え込みすぎだ。でも、それは結局あんたの足かせにしかならなかったじゃねぇか。あんたには懺悔の時間をくれてやるよ。そこで己の甘さと愚かさに打ちひしがれながら逝くといい。行くぞ」後半は手下たちに向けられたものだった。

「無様だな。プローゼだなんだともてはやされた女の最期が、こんなみすぼらしい姿とは。愚かな女だよ」部屋を出ようとしたボガードは振り返り、オルガに向かって辛辣な言葉を浴びせた。

「……誰が愚かだって？」

その声にボガードは表情をさっと豹変させ、素早く手を伸ばし、手下の一人を引きずり寄せた。

「バーン‼」

手下は、ボガードの前で倒れた。声を上げる間もなかった。

「ずいぶんと派手にやってんなぁ！　久しぶりじゃねえか！　ボガード」

そこにはブラガとオークレールが立っていた。ボガードは苦々しく舌打ちをした。

二人は右手に銃を握ったまま、部屋の奥に目をやった。そこには男たちが倒れていた。

オークレールが目を凝らす。その中の一人の周りに尋常ではない量の血が広がっていた。

「ねえさん!!」オークレールは駆け出した。上半身起こし、揺すると、オルガはゆっくりと目を開け、弱々しく微笑んでみせた。

「……少し、遅かったですね」

「こんな派手なパーティーならちゃんと教えてくれよ！」オークレールの背後からブラガが叫ぶように言う。オルガの瞬きが止まった。オルガは何かを思い出したように、小さく口を開けた。両目にじわりと涙が滲む。オークレールはどう声をかければいいのかわからず、オルガを宥めるように背中をポンポンと軽く叩いた。すると、オルガは力ない視線をオークレールの方に寄越し、まるで眠りに落ちるかのように、またゆっくりとその目を閉じた。オークレールは複雑な表情でそれを見届け、オルガをそっと横にして立ち上がった。

「……全部お前さんがやったのかよ？」その成り行きを見届けたブラガは険しい顔つきで口火を切った。ボガードは馬鹿馬鹿しいと一蹴するように、はっと笑い捨てた。

「お前らもその女の客だったのかよ？　それは悪かったなぁ」

オークレールは腹に力を入れ、人差し指を引き金に移動させる。

「女って奴は恐ろしいねぇ！　自分の目的のためなら平気で人殺しだってやっちまうんだ！」ボガードは声を上げて笑った。ブラガはギュッと銃を握りしめた。

「平気なわけねぇだろが!!」オークレールががなり立てた。「あの人がどんな思いでこの国を守ってきたか！　守ることから逃げたてめぇに何がわかる!?」オークレールは感情を剥き出しにして吠え立て、ボガードに銃を向けた。すると、ボガードの手下たちがいっせいに二人を取り囲み、切りかかった。ブラガとオークレールは、間に入る男たちを次々となぎ倒し、屋根に逃げたボガードを追って出ていった。

オルガはふっと目を開けた。気を失ってしまっていた。オルガはゆっくりと上半身を起こした。男たちが倒れている。立っている者は誰もいない。ブラガも、オークレールも、ボガードも、いない。

両腕に、続いて両足に力を入れ、ゆっくりと立ち上がった。不思議と痛みを感じない。それがどうしてなのか、オルガにはわかっていた。自分の足がまだ動くことを確認して、オルガは歩き出した。

# 38

「壊してぇなら一人でやれよ！　他のもん巻き込むような真似するんじゃねぇ！」オークレールは体を後ろ側に反らせ、相手の剣の勢いを確かめるようにやり過ごしながら、四方八方から飛びかかってくる手下たちに容赦なく銃弾を撃ち込み、怒声を上げる。ボガードはそんなオークレールをフフンと鼻先で笑った。

「オルガ・ミュールなんて化け物を作り出したのは、てめぇらだ！　あの女は、提督をもしのぐ力でこの国を内から支配してきた。てめぇらはそんな便利な女王に甘えてきたんだ。聖女と崇め、都合が悪くなっちまったら、今度はあいつは魔女だといって全部なすりつける。ずっとそうやってきたんだろうよ！」

ブラガは目を怒らせ、弾切れの銃を捨て、素早く剣を抜いてボガードに切りかかった。

「ふざけんじゃねぇ!!」

「俺は救いの手を差し伸べてやったんだ！　気の毒じゃねぇか。惚れた男の前で、毎夜客を取らなくちゃなんねぇんだぜ？　これだけ身を削るような思いをしてきたのに今度は時代の流れの中に消えていく。難攻不落の鉄の女なんて聞いていたが、自分の存在意義を求め、こんな城にすがりつくだけのただの哀れな女。存外簡単だったぜ」ボガードは目を見開き、けたけたと大きな声で笑った。オークレールの体中の毛が逆立つ。

「黙れ!!」オークレールは閃くような早業で、ボガードの銃を撃ち落とした。ボガードの銃はその手を離れ、傾斜に従い、屋根を下っていく。ブラガは素早くそれを拾い上げ、ボガードに向けた。しかし、ブラガの動きが止まった。

「……その銃を下ろせ。でないとその頭ぶち抜くぞ？　てめぇもだ。ルカ、こいつの脳天吹き飛ばされてもいいのか？」ボガードの手には銃が握られ、その銃口はブラガの頭部に向けられていた。オークレールは承服しがたい顔つきで、周囲を警戒しながら銃を足元に置き、両手を上げた。

「おい、おい」ブラガは唇の端を曲げた。

「どんだけ隠し持ってやがるんだよ？」

「……てめぇらとは覚悟がちげぇんだ」ボガードの目には冷たい光が宿っている。

「……お前さんのは覚悟じゃねぇよ」ブラガは静かにそう言って、かつて同志だった男を直向《ひたむ》きな目で見つめた。

「単なる八つ当たりだ」

ボガードは銃口をブラガに向けたまま、その心理を探ろうとでもするように、鋭い眼差しを送る。オークレールもブラガの方に視線を走らせた。

「……お前は羨ましかったんだろう？　あの女が」ブラガは続ける。

「俺たちはかつて戦地で何十という部隊を率いた。たくさんの死を見てきた。見殺しにして、その家族たちを泣かせてきた。でも、あの女は違う。絶対に見捨てないし、絶対に曲がらない。曲げられない性分なんだろうが、国を守るということから屈折しちまったお前さんにとってみれば、目障りでしょうがなかった。だからその腹立たしさに任せてとことん追い詰め、完膚なきまでに叩きのめそうとした」違うか？　とでも問いかけるように、ブラガは元同志から真っすぐな瞳を逸らさない。

「でもな、お前がどんなに抗ったところでこの国は変わらない。もし、変わる時が来るとしたら、それはお前のような力でねじ伏せる方法じゃない」

まだ諦めていない。ブラガはボガードに帰ってきてほしいのだ。そんなものが声から読み取れた。オークレールはブラガの背中を一心に見つめていた。すると、ボガードは声も高らかに笑い出した。

「ご高説はそれで終いか？」

始まりは同じだったはずなのに、同志はずんぶんと遠くに行ってしまった。ブラガはその目に失望の色を浮かべた。

「この世界は正しい人間が正論者じゃねぇ。勝った人間が正しいんだ。大提督もあの女も死んだ。負けたんだ。それが真実なんだよ」ボガードは憎しみのままに吐き捨て、歩き出した。

「綺麗事だけじゃ世界は変えられねぇんだ」

「……待て！」

「バーン‼」

追いすがるオークレールの足元を銃弾が襲った。

「次はねぇぞ」

かつて共に戦った同志だから、救いたかった。ずっと、兄のように慕ってきたから、許せなかった。ボガードは憎しみに燃える眼差しを残し、また二人の前から去っていった。

# 39

オルガは手すりに掴まり、ゆっくりと階段を上っていた。喪失感に包まれ、ぼんやりとした目つきで足を交互に動かしていた。すると次の瞬間、血で足を滑らせたオルガは階段の中腹からそのまま真っ逆様に転がり落ちた。オルガは顔をしかめながら上半身を起こす。

「えっ」水たまりの中に手をついてしまったと思った。しかし、それは水ではなかった。自分の周りに大きな血溜まりができていた。

「きゃあっ！」オルガは目を白黒させ、尻餅をついた。見ると、脇腹からおびただしい血液が流れ出ている。オルガは階段を振り返った。自分が通ってきた跡が真っ赤に染まっている。気づかなかった。こんな状態だったなんて。死ぬ。私は死ぬんだ。そう思った途端、これまでの出来事がざっと脈絡なく蘇ってきた。それは鮮明な映像として再生されていく。レイナが見えた。アルカディアで生きたその時間のすべてにおいて、私の隣にはいつもレイナがいた。不愛想に、こちらを見ていた。しかし、レイナはもういない。入れ物になったレイナの青白い顔が再び目の前に現れ、悲しみがまたとてつもない勢いで押し寄せてきた。

「……あぁっ……」オルガは頭を抱え、辺りをきょろきょろと見回す。レイナがいない。

「レイナ、レイナ……」オルガは狂ったようにレイナの名前を呼んだ。

「レイナ……」手を伸ばすが、しかし、その手は空しか掴めなかった。

「……レイナ、レイナ……」オルガはレイナの名前を繰り返しながら、這うように進み出した。


「あれ？」先ほどの部屋に戻ってきたオークレールは、小さく声を上げた。

「ブラガさん、ねえさんは？」

「あいつならあそこに……」言いかけたブラガの視線の先にオルガの姿はなかった。ブラガとオークレールはその場所に駆け寄った。そこにはおびただしい血痕が残されていた。

その血痕は表に向かって続いている。

「あの表の血もねえさんなんじゃ……」オークレールが不安そうな顔で呟いた。その隣ではブラガが絶望的な表情で立ち尽くしている。オークレールが勢い良く駆け出した。はっと我に返ったブラガもそれに続く。二人はオルガを追い、部屋を出た。

血痕は廊下から階段へと進み、だんだんとそれが濃くなっていく気がした。オークレールがふと何かに気づき、視線を先にやった。階段の途中で血痕は途切れ、引きずられたような跡になっている。オークレールは目をすがめた。ほどなくして、踊り場が目に入った瞬間オークレールは息を飲んだ。そこには巨大な血溜まりができていた。後ろのブラガも言葉を失い、小さく口を開いたまま、呆然としている。血はまだ固まっていなかった。何かを悟ったような顔つきでブラガが重々しく口を開いた。

「あの女、もう長くねぇぞ」

オークレールの背筋をざわざわと焦りが走る。血痕はまだ先へと続いていた。二人は先を急いだ。

やがて、二人はある小部屋に辿り着いた。

「ここらしいな」ところどころからポタポタと血がしたたり落ちる階段を見上げながら、ブラガは呟いた。血痕は屋根裏に繋がる梯子《はしご》の上に向かって続いていた。この梯子以外にそこに辿り着く手立ては見当たらない。ここが終着点のようだ。

「ブラガさん、ここは俺一人で行かせてくれませんか？」オークレールが顎を引き、切に訴えてきた。

「お願いします」その顔には鬼気迫るものがあった。何か言おうと口を開きかけたブラガだったが、言葉を飲み込んだ。オークレールはそれを合図に梯子を登り始めた。

## 40

アルカディアが燃えている。あんなに守りたかったアルカディアが炎に飲み込まれていく。オルガはそれをただぼんやりと眺めていた。間もなく朝を迎えようとするグレスフォードの街に、動き出そうとする気配がある。軍用車が大門の前に数台停められ、憲兵隊が消火活動に当たっている。じきに大勢の軍人たちがここへやってくるだろう。オルガは背中から銃を取り出し、空に向かって発砲した。銃弾は一発しか入っていない。初めて撃った銃の衝撃は想像以上だった。オルガはぶらりと腕を下ろし、屋根の傾斜を利用して、銃を遠くに滑らせた。右手がしびれている。オルガは自嘲気味に笑い、動作の確認をするように右手を握って、開いてを繰り返した。

アーベルに拾われ、アルカディアの前にそびえる大きな門を見た時、幼いオルガにはそれが立ち塞がる巨人のように思えた。ここへ足を踏み入れれば自分はもう外へ出ることは許されないのではないか。そんな風に直感したのを覚えている。オルガはその一歩を踏み出すことを躊躇い、隣の少年を見上げた。この少年と会うのはこれが初めてではなかった。ある時から少年はいつもオルガの近くにいた。少し離れたところで、じっとオルガを見ていた。

「私になんか用か?」気味悪く思ったオルガはいつか少年を捕まえ、問いただしたことがあった。

「主人の命でお前を見守るようにと言われている」少年は抵抗することもなく、笑うでもなく、怒るでもなく、質問にだけ答えた。

「どういう意味だ? 主人とは何だ? 何で私を見守る?」オルガはむきになって訊いた。しかし、少年は答えなかった。

少年はオルガの視線に気づき、口元をゆるめて頷いた。オルガはその笑顔に何だかとても安心した。それがレイナという男だった。

大提督によりアルカディアから出ることを禁じられた時、初めて絶望というものを知った。昔から特別な夢などを思い描いたことはなかった。普通に結婚して、子供を産んで歳を取る。自分の一生などそんなものだと思っていた。しかし、それすらも叶わなくなったことを突きつけられた時、目の前が真っ黒に塗り潰されていくようだった。オルガは恨んだ。己の運命や自分を取り巻くすべてを。そんな時、アーベルが病に倒れた。アーベルはこれまでの自らの行いを悔やみ、オルガの前で涙を流した。神は、オルガに八つ当たりをする場所すらも与えてはくれなかった。

それでもオルガは逃げなかった。アーベルに代わり、アルカディアを守ろうとその心に誓った。オルガは感情という感情のすべてをその美しい仮面の中に押し込め、人知れず涙を流した。過去を思い出しても、未来を想像しても、涙が溢れてきた。

しかし、オルガは一度だけ、違う涙を流したことがある。レイナに共にアルカディアを出ようと言われた日、取り乱しはしたが嬉しかった。リリオである自分がこんなことに胸をときめかせていることが滑稽だったが、自分も一人の女になれたような気がして、胸を躍らせていた。あの日の自分に言ってやりたい。何を浮かれているんだ？　お前はじきにすべてを失い、空っぽのがらんどうになるのだぞ。絶望なら、とうに見たはずだった。しかし、オルガはまたこの場所で必死に嗚咽を堪えていた。

## 41

ずいぶん風通しのいい部屋だ。

梯子を登りきったオークレールは、幼い頃に遊んだ田舎の屋根裏部屋を思い出していた。その部屋の窓は開け放たれていた。あぁ、どうりで。オークレールは納得したように窓の外に目をやった。すると、窓の外に人影が見えた。オルガは屋根に出ていた。それほど高さはないが、上るのにずいぶん苦労したようで、またそこにも血の池ができていた。

オルガはそこに座り込み、壁に体を預けて嗚咽を漏らしていた。先ほど聞こえた銃声で覚悟はしてきたが、オルガはまだ生きていた。オークレールはゆっくりとオルガに近づいていく。オルガのシャツは血で染まり、もはや元の色を想像することも難しかった。左手で押さえてはいるが、脇腹からはおびただしい血液が流れ出し、屋根を伝っていた。編まれた髪はほつれ、血や汗で首筋の百合の花にまとわりついている。血の気の引いた顔に残った口紅が赤々と、いやに目立っていた。

「……そうやって、いつも一人で泣いていたんですかい？」オークレールは静かに口にした。オルガははっとして顔を背け、右手で目元を拭った。

「一人で、死ぬ気だったんですかい？」オークレールはまた訊ねた。すると、オルガはゆっくりと顔を前に向けた。

「私にはそれが相応しいかと……」オルガの表情は柔らかかった。間もなく自分がこの世から消えることをすでに受け入れているかのような、そんな表情にも見えた。

「……どうも腕が悪くて、神は罪人を楽に逝かせてはくれないようです」そう言い終えたオルガは、痛みを堪えるかのように眉をしかめた。

「……ねえさん、他に道はなかったんですかい？」

オルガはゆっくりと黒目を動かし、横目でオークレールを確認した。オークレールはひどく切ない顔で佇んでいる。何だか、安心した。私だけじゃない。そう言ってもらえた気がした。

「あったでしょうね。でも、誰も教えてくれなかったじゃないですか」

オークレールは頬を引きつらせ、途方に暮れたような目をした。

「私が教わってきたのは、どうやったら男たちが悦ぶか、どうやって男たちを騙すか、それだけですもの」オルガは流れるように、さらりと言う。

「やめてください」オークレールは耐えきれず、口調を強めた。

「ねえさん、やめましょう。あんたはそんな愚かな女じゃねぇはずだ」

するとオルガは自分のこめかみ辺りに人差し指を当てた。

「女はここではどうにも理解できない生き物ですから……」オルガにとっては、軽口のつもりだったのだろう。しかし、オークレールの胸には暗澹たるものが広がっていった。

「……耐えろと言われれば、どんなことにだって耐えてみせます。しかし、時代の流れの中にひっそりと消えていくのなんかごめんです」オルガは苦しそうに、浅い呼吸を繰り返した。オークレールは虚空を睨みつけ、慎重に息を吐きながら、恐る恐る口を開いた。

「……あんたがこの騒ぎを企てたんですかい？」違う、と言ってくれ。祈るような思いだった。オルガは一旦真顔になり、少し悩むような間の後に、覚悟を決めたように、しっかりと頷いた。

「話を持ってきたのはボガードです。クルシュマン邸の訪問で私の存在を知ったそうです。計画は、私とボガードとで極秘に進めました。その他の者は何も知りません。しかし、邪魔だったので消えてもらいました」オルガは淡々と答えていった。

「……ねえさん！」口を開いたオークレールだったが、台詞が続かない。目の前のオルガの横顔にはこれより先は何も話さない。すべては私が持っていく。そんな覚悟があった。

どうしてこの人は最期までこうなんだろう。オークレールは目を伏せた。

オルガは前を見つめ、顔を和ませた。これでいい。私が全部悪いのだから。自分のこんな人生の幕引きを想像もしていなかったわけではない。どこかで想像はしていた。それにもかかわらず、現実に起きるとは思ってもいなかった。むしろ、上手くいくとさえ思っている自分もいた。神様がこれまでの行いを悔い改め、私にチャンスをくれたのだと。これくらいのことをしてくれても罰は当たらない。やっと運が私に巡ってきたとさえ思った。普段であれば警戒していたはずだ。しかし、失くした希望をもう一度見つけてしまった私の目には、もう見えなかった。これは予想よりも危うい立場にいる。ようやく嗅ぎ取った頃には、いよいよ引き返せないところまで来ていた。こんな話が上手くいくはずなかったのだ。中途半端な覚悟で全部失くしてしまった。レイナはもういない。カレルもボガードに殺された。結局、何も守れなかった。この後悔は、どれほどの重さになるのだろう。すべて持っていかなくては。

オルガは屋根を伝う鮮血を眺めながら、揺るぎない表情で口を開いた。

「この混乱の首謀者は私です。その他の者は何も知りません。あの通り魔騒動も、私が一人でやったことです」オルガの赤い唇は、ここで何か言いかけて、小さく笑みをこぼした。

「……最高の気分です。憎いこの国に一泡吹かせてやった。この私を捨てようとした罰ですよ」オルガはまた、こんな口の利き方をした。

「このままではあなたも燃えてしまいますよ？」

「ねえさん、今ならまだ間に合う。一緒に行きましょう」オークレールは堪らず、オルガの腕を取った。すると、オルガはその手を払い除け、早口に言った。

「ここを下りたら、東に向かってお進みください。そちらは火が回りにくい構造になっていると聞いたことがあります。レフラーの旦那もその先のビスタという部屋にいらっしゃいます」

「……ねえさん、だからあんたも一緒に」オークレールはまた手を伸ばした。

「……もう、十分でしょう？」

しかし、その言葉に動きを止めた。

「……ずっと言う通りにしてきたじゃありませんか？　それで都合良く利用してきたんで

しょう？」

オルガのその悲痛な声に、オークレールは身動きが取れなくなった。

「もう、嫌……こんな世界にいたくない……」下を向いたオルガの背中が大きく波打っている。オークレールは固まっていた。目に飛び込んでくるこの映像を受け入れられずにいた。

「……こんな世界にいたくない！　レイナのところに行かせて！　レイナに会いたい！私はレイナのところに行きたいの！」

オルガの痛ましい嘆きが、耳の奥で反響する。

「いやぁぁぁ!!」オルガは泣き叫んだ。あの気丈な人が子供のように泣きじゃくっている。愛する者の名前を繰り返している。

「おい！　ルカ！　ここもやべぇぞ！」その時、梯子の下からブラガの声がした。オークレールは正気に戻り、その声の先と、オルガを交互に見た。苦渋の決断だった。オークレールは悶えを見せつつ、梯子に足をかけた。その後のことは覚えていない。ただがむしゃらに、炎から身を守りながら走った。

# 42

「訊かせてもらおうか？」アルカディアの城内から脱出し、息を整えると、ブラガはオークレールの正面に立ち、容赦なく訊いた。オークレールは一瞬動揺し、どもりかけたが、表情を引き締め、首をすっと伸ばした。

「女はこの混乱の首謀者は自分だと証言しました。自分がアルカディアを出るためにボガードと通謀し、企てたと。他の者は何も知らない。邪魔な者は始末したと言っていました。そしてもう逃げられないと察し、自殺を図った」オークレールは動揺を悟られないように、慎重に声を出した。

「自死したのか？」ブラガは即座に訊き返す。オークレールは息を止めた。不覚にも涙腺がゆるんだ。

「……はい。あと、あの通り魔も女の仕業だそうです」ブラガの目を見ることができなかった。

「……てめぇはそれでいいんだな？」暫し思案した後、ブラガは訊いた。オークレールは唇を結び、顎を引いた。

「大将が無事なら今回のことは不問だ。後は俺が片づける。てめぇはもう何も手ぇ出すな」ブラガはオークレールを見ずに早口でこう告げ、去っていった。オークレールは黙って頭を下げた。

「……ルカ」

その声に顔を上げると、憲兵に連れられ、レフラーが立っていた。レフラーは困惑した様子で忙しなく瞬きをしている。オークレールの目から涙が溢れ出す。まるで止まる気配はない。抑えようとしても、嗚咽が漏れた。

「おい、ルカ、どうしたんだ？　オルガは？　オルガはどうした？」

レフラーが駆け寄ろうとした時、オークレールはその場に泣き崩れた。痛くて、苦しくて堪らなかった。

国中の男たちを翻弄し、聖女だ、悪女だと羨まれ、疎まれたあの人は、逝ってしまった。ただ一人の男を想いながら、一人の女として死んでいった。思いを寄せ続けた人が、他の男を想いながら泣き叫ぶ姿が、瞼に焼きついて離れなかった。

日が昇り、「大提督暗殺」という前代未聞の大事件に、各司令部から派遣された隊員たちが調査のために大勢でやってきた。

オークレールはもの思いに耽るように、離れの廊下の窓からぼうっと外を眺めていた。するど、レフラーがやってきてオークレールの隣に並んだ。

「……大将、ねえさんはどんな思いでここから外を眺めていたんでしょうか？」オークレールはぼんやりと前を向いたまま訊いた。視線の先には高い塀がそびえ立っている。レフラーは目だけをオークレールの方に向けた。

「俺はね、女の幸せって奴が好きな男と所帯を持って子供を産むことだけだとは思っちゃいません。でもね、もし、ねえさんがそういう普通のものを望んでいたとしたら、ここでの生活はあの人にとって、どんなものだったんでしょうか？」オークレールは前髪を掻き上げ、くしゃくしゃと触った。レフラーはオークレールの話を聞きながら、何か考えているようだった。

「ねえさんは強くなりすぎた。国でさえ持て余し、ここに縛りつけるほど。皮肉なもんだ。あの人に生きる術を教えたこのアルカディアは、あの人から自由を奪った。でも、あの人はそんなアルカディアに守られ、生かされていたんだ」オークレールは首を捻り、苦渋の顔をした。レフラーは泣きそうな顔で、一点を見つめている。

「それでもねえさんは受け入れた。強くなろうとした。でも、そうすればそうするほど誰にも頼れず、弱音を吐くことも許されなくなっていった。あの人はどんなに悲しくても、苦しくても人前では完璧を装い、一人で泣いていたんじゃないでしょうか?」オークレールの脳裏に数時間前のオルガの泣き叫ぶ姿が蘇る。

「……知ってたのか」レフラーは呟くような声を出した。オークレールはこくっと顔を縦に振り、躊躇いがちに口を開いた。

「……あの人は言っていました。耐えろと言うなら、どんなことでも耐えてみせる。しかし、時代の流れの中でひっそりと消えるのはごめんだ、と。大将、俺思うんです。いや、何ていうか、わからないんですけど、ねえさんは心が折れてしまったんじゃないでしょうか? この国のために全力で走ってきたあの人が、時代の変遷に呑まれて消されてしまうかもしれないと知った時、どうしようもなく心細くなったんじゃないでしょうか? それで、そんなねえさんにはボガードが一縷の望みのように見えちまって、思わず手を伸ばした。そうなんじゃねぇでしょうか?」

「だからって許されることじゃない」レフラーは、オークレールのその言い分に鋭く反応した。

「頭では理解できないのが女。ねえさんが言ってました。でも、もしそうなら俺はねえさんを責めることはできねぇ……」そう言って、オークレールはやるせないため息を漏らした。

「ルカ、お前は軍人だろう?」唐突に、レフラーが訊いた。オークレールは、えっ、と口の中で小さく声を上げ、丸い目でレフラーを見た。

「軍人の、しかも佐官クラスの人間が罪人の肩待つようなこと言うんじゃない。あいつの気持ちも考えろ」レフラーは厳めしい顔つきで声を殺して言った。その視線はオークレールを通り越し、ブラガを捉えていた。オークレールはレフラーに倣い、ブラガを見た。ブラガは他の隊員たちに指示を出し、忙しなく動き回っている。

オークレールは叱られた子供のように、しょんぼりと肩を落とした。レフラーの言う通りだった。軍に属する者にはこの国を守り、取り締まる者としての立場を一人一人に理解させるため、さらには己を律するために様々な決まりや制約があった。今回、オークレールはオルガがこの混乱に加担していることを完全とは言えないが知っていた。しかし、オルガがことを起こすまで何も言わずに黙っていた。さらに、その混乱により大提督が暗殺され、その他にも大勢の将官や佐官、何人もの人間が犠牲になり、首謀者のオルガには自死されてしまった。

これは国軍少佐として決して許されることではなかった。露見すれば軍法会議や軍事裁判にかけられ、その立場を失う。しかし、このことを知っているのはブラガだけだった。そのために、ブラガはオークレールを捜査から外したのだ。

「……一瞬、ほんの一瞬ですよ。それでもいいと思ったんです。この地位を捨てても、あの人を救えればと。でも、当の本人にはそんな気、これっぽっちもなくて」オークレールは寂しそうに笑い、打ちひしがれたように下を向いた。

「十年……軍に身を置いて十年も経つっていうのに、俺は未だに無力だ。情けねぇ……」オークレールは独り言のように呟いた。レフラーは口元をゆるめ、オークレールの頭の上にそっと手を置いた。

「情けないことはない。俺だって同じだよ」

オークレールは目を上げ、レフラーを見た。自分もこんな顔をしているんだろうか。心配になるほど失意が滲んだ顔だった。

「でも、お前さんにはそれがあるだろ」レフラーはオークレールの剣を指差した。オークレールは腰に差した剣に目をやった。

「今すぐどうこうなんて無理だよ。でも、お前は、俺たちは他の者より少しだけ多く人を救える術を持っている。そうだろう?」

オークレールはまたオルガを思い出した。鼻の奥がツンとする。オークレールは瞼を閉じ、何も言わずに頷いた。

「これを……」帰りがけに、レフラーが右手を差し出してきた。その手には美しい装飾がほどこされた短剣が握られている。オークレールは、きょとんとしてそれを見た。

「俺が眠らされていた部屋に置いてあった。オルガのものだ……これを、鍛冶屋の主人に渡してやってくれ」

「鍛冶屋って、あの角の鍛冶屋ですか?」

レフラーは頷いた。

「どうして?」

「……父親なんだよ」

オークレールは声を失った。驚きを隠せない様子で短剣と、レフラーを交互に見た。

「俺は行けない。すまない。頼む」レフラーはそう言うと、悲しそうな背中を向け、歩き出した。しかし、オークレールにはそんなものはもう見えていなかった。頭の中でくすぶっていた疑問がクリアになっていく。オークレールは思わず天を仰いだ。

「……こんなのってありかよ……」

## 43

「これを頼みます」そう言って、オークレールは店主の前に自分の剣を置いた。オークレールは鍛冶屋に来ていた。店主はオークレールを確認する程度に横目で見て、剣を打ち続けている。オークレールはそんな店主をじっと見つめた。店主の動きが止まる。

「何だ？」店主はオークレールを見上げ、怪訝そうに訊いた。

「いつ仕上がりますかい？」

「そんなに急ぎなのか？」店主は訝しげに首を傾けた。

「アルカディアで騒ぎがあったでしょう？　大提督がリリオに暗殺されたなんて世紀の大

事件だ。調査やら後継者探しやらでまだ色々と忙しいんでさぁ」

店主のこめかみがピクリと反応した。店主はオークレールから顔を背け、手元に視線を戻した。


事件の翌日、この世紀の大事件は新聞各社の一面を大きく飾った。美しい聖女の裏の顔、暗部と悪女のつながり、リリオの猟奇的な一面、その悪女が築いてきた平和や安寧の上でのうのうと生き、プローゼだなんだと、あれほどもてはやしてきた民衆は手のひらを返したように彼女を口々に罵り、憤った。記事にはあの通り魔事件についても触れられていた。アルカディアの中での不満やストレスを、夜な夜な人を殺害して発散させていた。そんな書き方をされていた。グレスフォード近郊で過去に起きた未解決の通り魔事件の犯人もオルガ・ミュールで断定という記事も掲載されていた。軍の上層部が暗部との繋がりを隠すために、手を回したのだろう。

それらに触発され、膨れ上がった民意には、彼女の行動が正しいか、正しくないかなど関係なかった。それは右に同じく、死んで反論のできない者に集中攻撃を浴びせ、新聞各社はあることないことを面白おかしく書き立てた。それらは、オークレールの胸にまた何とも言えない苦々しさを運んできたのだった。

オークレールは真面目な顔のまま、あの剣を店主の前に置いた。店主の目がその剣に向けられ、続いてオークレールを見上げた。

「オルガ・ミュールのものです」オークレールの声は、若干の緊張と躊躇いをはらんでいた。店主は目と口をパッと開き、瞬時に顔を伏せた。

「こうなるってわかっていたんじゃないですか？」オークレールは重々しく訊ねた。店主が息を飲むのが把握できた。

「あの人は全部抱え込んで、一人で死んでいきましたよ。この時代最悪の悪女として。向こう何十年と語り継がれるでしょう。あんたなら止めることもできたんじゃないですか？父親のあんたなら……」オークレールは続けた。店主は表情を硬直させ、首だけをたどたどしく横に振り始めた。

「……そんなことできるわけねぇだろ……」店主は苦しげな声を出した。

「俺はあいつを捨てた。今さら父親面なんてできるわけねぇ……」店主の背中には無念が滲んでいた。

「……あいつが俺の前に現れたのは、もう十年くらい前だ」店主は沈痛な面持ちで話し始めた。

「あいつから何を言われたわけじゃない。でも、一目でわかった。俺は八つまでのあいつしか知らねぇが、十五になったあいつは女房そっくりだった。俺はあいつが復讐しに来たのだと思った。無理もない。俺はあいつにそれだけのことをしたんだ。でも、あいつは笑ったんだ……」店主は少しだけ顔を上げ、記憶を思い返すように、視線を遠くへやった。


オルガが、突然店主の前に現れたのは十二年前だった。その日、店主はアルカディアに打ち上がった剣を届けに行った。いつものように常駐する門番に名前を書かされ、ボディーチェックをされ、毎度のことながらうんざりして勝手口をくぐると、そこには一人の娘が立っていた。店主は仰天した。突然現れたその娘は、とても強い目をした美しい娘だった。何より、かつて自分が愛した妻そっくりだったのだ。店主はオルガが自分に復讐しに来たのだと思った。しかし、オルガはほんの一瞬だけ驚いた顔を見せ、にっこりと笑ったのだった。その後も店主がアルカディアを訪れると、勝手口にはオルガが立っていた。

「お前さんは当主殿の使いなのか?」最初に声をかけたのは店主の方だった。オルガは目を丸くして店主を見ると、嬉しそうに首を縦に振った。そこには復讐心など微塵も感じられなかった。店主は、いつしかオルガに会うのを待ち遠しく思うようにさえなっていた。

「単純に、父親に会いたかったんじゃないですか?」

店主はオークレールの言葉を息を詰めて聞いていた。

「会いたいという思いと、近づいてはいけないという思いの間で、葛藤していたんじゃないですか?」オークレールは気持ちを込めるように続けた。店主はさらに大きく目を見開いた。鼓動が激しくなる。この青年の口から、次はどんな言葉が降ってくるのか、恐ろしくて、顔を上げることができなかった。

「誰がこんな薄汚い人間をこの城に入れたんだ⁉」

それは、あのコルキー国との非合法薬物の密売事件の直後だった。オルガはこれまでとまったく違う態度を取った。さらに散々罵声を浴びせた後、店主がアルカディアに出入りすることを禁じた。娘は変わってしまった。会うことを待ち遠しく思っていた分量と同じだけ、怒りと苛立ちが湧いてきた。オルガのその態度に腹を立て、生意気だとさえ思った。

「不思議だったんです。どうしてあの人がアルカディアに留まり続けるのか。ボガードが現れる前だって逃げるチャンスはいくらでもあったはずだ。でも、あの人にはあそこで生き続けなければならない理由があった」そこでオークレールの声が途切れる。急に声がしなくなったことに不安を感じたのか、店主はこわごわと顔を上げた。オークレールと目が合った。嫌な予感がした。オークレールの唇が動く。聞いてはいけない。店主の両手が耳に向かう。

「……あんたです」

店主の黒目が揺れ、唇が震えた。その言葉は店主の耳にしっかり届いていた。

「おかしいと思いませんでしたか？　なぜ国軍がこんなうだつの上がらない店をお抱えに選んだのか。あんたの腕は確かですよ。それは認めます。でも、正直この程度なら他に条件のいいところはいくらでもある。じゃあ、なぜあんたにこだわったのか」

店主は何か恐ろしいものでも見るように、緊張した目でオークレールを凝視している。オークレールはこれを言うべきか悩んだ。怯える小動物のような目でオークレールを見つめる店主を前に、少しの後ろめたさを覚えた。しかし、オークレールは口にした。

「……ねえさんをアルカディアに売ったのは、あんたですね？」

店主は目を剥き、色を失った。

「色々調べさせてもらいました。あんたとアーベルは古い友人だった。あんたが密売で捕まった時も、かくまったのはアーベルだった。あんたはそんなアーベルに自分が捨てた娘を引き取ってくれるよう頼み込んだ。違いますか？」

店主はいつしか背中を丸め、顔を両手で覆っていた。オークレールの言う通りだった。

「どうか、娘を頼む！」あの日、店主はアーベルの前で額を地面に擦りつけて、土下座をした。

捨てた娘だが、ずっと気がかりだった。店主は妻と娘の居所を探し出し、二人のもとを訪ねた。二人は自分のせいで街を追われ、スラムに身を寄せていた。妻は見るからに憔悴し、その傍らの娘も痩せ細り、その年相応の無邪気さを感じることはできなかった。妻はもともと強い人間ではなかった。追い詰められた妻がこの後どんな行動を取るか、店主には容易に想像できた。しかし、自分は罪人。今さら二人の前に姿を現すことなどできない。店主はアーベルを頼り、恥も外聞もすべて捨ててアーベルに頭を下げた。

「わかった。しかし、他の女たちの目もある。お前の娘だけ特別扱いはできないぞ？　他の者と同じように客も取らせる。お前はそれでも良いのか？」アーベルは念を押すように訊ね、友を見下ろした。店主は黙って頷いた。

「そうか……ならば約束は守ろう」アーベルは、それ以上何も言わなかった。

その数週間後、店主のもとにはアーベルから大金が届けられた。

これから成長していくオルガを、アルカディアでの日々が苦しめるかもしれなかった。それでも生きていてくれればと思った。しかし、運命を司る者の仕業なのか、事態は店主が想像していたものとは別の方向に動き出してしまった。ある事件以降、オルガは前代未聞の大出世を遂げたのだ。オルガはどんどん有名になり、この国の安寧を担う聖女と、国内外の暗部と深く関わりを持つ悪女の二つの顔を持って生きることになってしまった。

「……お前は俺を責めるために来たのか？」店主は震えるか細い声で訊いた。オークレールは首を振った。

「一緒に苦しんでください。ねえさんだけに荷を負わせたくない……」

店主は、ビクつくように顔を上げた。落ち窪んだ目に涙が宿っている。

「……どうしてアーベルが、あの日、ねえさんをあんたの前に寄越したか、わかりますか？」暫しの沈黙の後、オークレールが口を開いた。店主の顔にまた怯えと恐怖の色が走る。

「アーベルは、ねえさんがまだ客を取る前にあんたに会わせた。アーベルだっていっぱしの商売人だ。当然ねえさんだけを特別扱いする気はなかったはずだ。でも、きっと幼いながらも現実を受け入れて、必死に食らいついてくるねえさんに絆《ほだ》されちまったんだろう。アーベルはあんたがねえさんが客を取り、傷物になる前にさらっていくことを期待したんじゃないでしょうか？　ねえさんもあんたが父親だと気づいたはずだ。でも、あんたはそうしなかった。その後もねえさんがあんたを待っていたのはきっとねえさんの意志だ」

「……どうして？」店主の声がかすれた。

「父親だからでしょう？　ねえさんが剣術に手を出したのもあんたに会う口実を作るためだ。アーベルが死んだ後、あんたに剣を頼む理由をなくしたねえさんは、用心棒に剣術を教えるようにせがんだ。あの人は何事もなかったように、当主と用心棒のものと偽り、あんたに剣を頼み続けた。マメだらけの手を刃物で削ぎながら。その後、あんたと直接顔を合わせることもできなくなっちまったが、あの人は戻ってきた剣を確認して、その仕上がりであんたの身を案じていたんじゃないですか？」

店主の目が一層大きく見開かれた。何か言いたいが言葉が見つからず、金魚のように口をパクパクと動かしている。

「あの人はすべてわかってた。あんたが自分を売ったことも。すべてだ。悪態をつき、嫌われても、それでも、守ろうとした」オークレールは店主の顔を見つめると、もう一度小さく言った。

「守りたかったんですよ」

「あぁぁぁぁ！」次の瞬間、店主が声を上げて泣き出した。頭を抱え、泣き喚いている。

オークレールは目を丸くし、何か声をかけようとして、顔を横に振った。

どんなに罵詈雑言をぶつけられても、今こうして思い浮かぶのは、オルガのあの笑顔だった。自分はそんなオルガをアルカディアに縛りつけ、罪人にしてしまった。とてつもない罪悪感と後悔が押し寄せ、それは涙となり、留まることなく次から次へと目からこぼれ落ちた。

オークレールは苦しそうに顔をしかめた。店主の泣き叫ぶ姿が、オルガと重なるようだった。これより先、オークレールの言葉が店主の耳に届くことはなさそうだった。

「俺は必ずこの国を変えてみせます。時間はかかるかもしれませんが……」

オークレールは一礼し、鍛冶屋を後にした。

## 44

鍛冶屋を出たオークレールは、夏の容赦ない日差しに思わず目を細め、右手で庇《ひさし》を作った。さらに目を細める。その先にはレフラーが立っていた。オークレールは表情を引き締め、ゆっくりとレフラーのもとに歩み寄った。

「言ったのか……」レフラーはオークレールの背後の鍛冶屋を見つめていた。店主の泣き叫ぶ声は外まで聞こえていた。オークレールは頷いた。

「あの人は苦しむでしょう。それでも知っとかなきゃなんねぇこともある」オークレールもレフラーに倣い、鍛冶屋に目をやった。

レフラーは思い詰めた様子で唇を噛みしめていた。オークレールはレフラーの方に顔を戻した。

「……大将、どうかしたんですか？」

するとレフラーは、あぁ、と生返事を返し、足元に視線を落とすと、沈痛な面持ちで口を開いた。

「……俺はアーベルと、それからあいつと古くからの友人だったんだ」

「あいつ」というのが鍛冶屋の店主であることを瞬時に察し、オークレールは顔を曇らせた。

「昔から三人で悪さばかりしていた。しかし、歳を取って各々がそれぞれの道に進む中で、あいつは堕ちてしまった。オルガがあいつの娘であることは知っていた。アーベルに打ち明けられたんだ。俺は自分の軍人という立場ゆえ、あいつを救うことができなかった。俺はこの身のかわいさから友を見捨てた。ずっと悔いていた。だから、せめてあいつの娘であるオルガだけでも守ろうと思った。友の大切な愛娘に客を取らせるような真似はさせない。俺はアルカディアに通った。オルガがアルカディアを出る日が来るまで、酒の相手をさせ、通い続けるつもりだった。色んな噂を立てられた。それでもいいと思った。俺には妻も子もない。アーベルは他のリリオの目もあるからやめろと言った。しかし、俺は通い続けた。でもな、次に俺を止めたのはオルガだったんだ」

その日もレフラーはアルカディアでオルガに酒を注いでもらっていた。

「……レフラーの旦那、旦那は何を考えていらっしゃるんですか？」オルガは真っすぐな目で訊いてきた。すべてを見透かしたような目だった。この娘に、中途半端な隠し立ては通じそうになかった。レフラーは包み隠さずにすべてを話した。オルガに驚いた様子はなかった。

「レフラーの旦那、このことは旦那と私だけの秘密にしましょ」オルガは唇に人差し指を当て、悪戯っぽく笑った。

「旦那、私がここに来る前から私の側にはレイナがいました。私、全部知ってるんです。あの人が頭を下げてアーベル様に私を預けたことも、アーベル様があの人に代わって私を見守ってくれていたことも、旦那が私に客を取らせないようにこうして毎夜来てくださってることも。全部知っているんです。私はこんなにたくさんの方に思っていただいて、本当に幸せ者ですね」オルガはにっこりと微笑んだ。レフラーは目を丸くした。

「ここで生きることを選んだのは私です」オルガは淀みのない口調で言った。

「俺は」

「旦那」オルガは言葉を被せ、深く頭を下げた。

「本当にありがとうございました。もう、こんなことはやめてください。旦那のそのお気持ちだけで、私は十分です」

レフラーは何も言えなかった。

「どうか、これからもあの人の、あの人たちの良い友人でいてあげてください」そして、オルガは清々しささえ漂うような笑顔を見せた。

「オルガは聡明な女だ。どうやって知ったのかはわからないが、あいつは俺が話す前からすべてを知っていた。かわいそうに。自分の運命を恨み、嘆くにはあいつは大人になりすぎていた。受け入れるしかなかったんだ……苦しかっただろうなぁ。あの身にこんなにたくさんのものを背負って……」レフラーは両手で顔を覆った。オークレールは神妙な面持ちでレフラーの話を聞いていた。

「……女は地獄、男は天国のアルカディア。こんなもんを作り出したのは俺たち軍属です。一人の女に国を揺るがしかねない力を与え、都合良く利用し、疎んだ。提督なんて名ばかりでさぁ。この国を何年にも亘って守ってきたのはあの人だ。そんなあの人にこんな荷を負わせ、こんな風に死なせてしまった」オークレールは切実さを伴う声で漏らした。指の間からレフラーの目が大きく見開かれたのが見えた。耐えきれず、レフラーは嗚咽を漏らした。

「……でも、あの人は言っていました。女の幸せはたくさんの良い男に思われ、愛されることだと。俺は少し勘違いをしてましたが、ねえさんは自分自身のことを言っていたんですね」オークレールは寂しげな顔でこう口にすると、空を見上げた。

「俺は自分が軍人で良かったと思ったことはありません。人を殺して生きてるからです。でも、それでも成し遂げなければならない。俺は変えてみせます。この国を。ねえさんという存在をなかったことにはしねぇ。この剣が届く範囲は、俺がこの手で必ず守ってみせます」オークレールは張りのある声ではっきりと言った。レフラーは涙を溜めた目でオークレールを見た。

「次期提督閣下がそんな顔しないでくださいよ。俺はあなたについていきます。この国が、あの人が夢見たその姿になる日まで」

俺も皆のように軍人になる。強くなるんだと、誇らしそうに胸を張り、無邪気にその目を輝かせていた少年は、いつの間にか、理想と現実との間で揉まれ、挫折と己の無力さ、後悔や別離を知り、こんなに逞しい青年になっていた。オークレールはレフラーに向かって敬礼し、歩き出した。その足取りは確かなものだった。きっとレフラーはまだ俯いているだろう。オークレールはまた空を見上げ、大きく息を吸い込んだ。そこには雲一つない青空があった。

## 45

数日後、オークレールはグレスフォード郊外の軍用施設内の墓地を訪れた。その墓地には、死刑が執行された者や無縁仏が埋葬されていた。落ち着いた色の花束を抱えたオークレールは、墓地と墓地の間を進んでいく。司令部内の反対もあったが、レフラーの意向でオルガもまたここに埋葬されていた。

「あれ？」オークレールはオルガの墓の少し手前で足を止めた。先客がいたのだ。オークレールの気配に気づいた女はこちらに顔を向けた。年は三十代くらいだろうか、鼻筋の通った美しい顔立ちをしていた。

「死んでもなお人気者なのね」女はおどけたように言って、また墓石の方に顔を戻した。オークレールもそれに倣って墓石の方に目をやると、そこにはたくさんの花が供えられていた。

「これは……」オークレールは驚きをそのまま声に出した。

「すごいだろう？　さすが歴代ナンバーワンのプローゼ様だよ」女は自慢げに言った。

「……失礼ですが、あなたは？」女のこのどこか馴れ馴れしい態度を不審に思いながら、オークレールは訊ねた。

「……昔、アルカディアでプローゼをやってたんだ。名前は言わないよ」女は何の躊躇もなく、さらりと答えた。

「プローゼを？」オークレールは調子の外れた声を上げた。

「いつの話ですか？」

確かに女の凛とした立ち姿はオルガに通じるものがあった。

「三年は経ってるかねぇ。この女に売り飛ばされたのさ」女はオルガの墓石を顎で示した。

「売り飛ばされた？」

「そうさ。知ってるだろう？　この女がどんなことをしてきたか。年増の客を取れなくなった連中はみんな売られちまうのさ」女はあっけらかんとした様子でそう言うと、不意に心細そうな顔をした。オークレールにはそう見えた。

「惨めなもんでねぇ」女はポツリ、ポツリと細い声で話し始めた。

「下からは若くて美しい娘たちがどんどんやってきて、今の今までプローゼだなんて偉そうにしてきたもんだから、身を引くこともできなくて。この女に用なしだと言われて、馬車に押し込まれた時、終わったと思ったよ。でもね、一昼夜馬車を走らせて、降り立ったそこは違う景色が広がっていた」女は懐かしそうに目を細めた。


そこには草原が広がっていた。少し先には小さな街も見える。

「……ここは？」乾いた喉から声が上手く出てこなかった。

「伝言を預かっている。名を変え、違う人間として、この地で生まれ変わって生きてくれ、だそうだ」戸惑う女に、売人だと思っていた男はそれだけ告げて、引き棒から外した馬に跨り、去っていったのだった。

「もともと、名前になんて何の執着もないしね。客が欲しいのはリリオという肩書なんだ。

私らは単なる商品だった。リリオなんて立派な名前をもらっちゃいるけど、名前なんてない。リリオの花の名前なんて誰も知らないのさ」女のその憎まれ口調には、不思議と愛情や感謝が込められているように感じられた。

「そんなわけで、売人と組んではこんなことばかりしてたのさ。この女は」

「この花は、そんな女たちからなんですね」

オークレールの言葉に、女は無言で頷いた。

「決まりや掟なんて全部無視さ。裏でも表でも好き勝手やってたのさ」

「……どうしてそんなことしたんでしょうか？　だって、自分はあそこから出ることはできないんですよ？　アルカディアでの生活は絶望と言ってもいいはずなのに、どうしてそんなことができたんでしょうか？」

オークレールが投げかけた言葉に、女はゆっくりとした瞬きを繰り返した。どう答えたものかと考えているようだ。ほどなく思考が整理されたらしく、女はふっと表情をゆるめた。

「本当に絶望の中で生きてるような人間には誰もついてこないさ。少なくとも私には、そんな風には見えなかった。でも、だからこんなにも求められたんだろうね。あの強さに憧れて、羨み、疎んだ。だって、そうしたくても、あんな風には生きられないもの。あんただってそうだろう？」女は、やれやれと漏らした。しかし、嘲笑しているようではない。

「どんなだった？」少し間を開けて、女が唐突に訊ねてきた。オークレールは目をしばたたいた。それがオルガの最期を指しているということはすぐにわかった。しかし、なぜ目の前のこの人は知っているのだろうか。質問しようと思ったが、やめた。無駄なことのように思えた。この人はきっと超能力が使えるのだ。その神の目とも言える二つの目で過去も未来も覗き見ることができるのだ。オークレールはそんな風に自分を納得させた。

「泣いていました。用心棒の名前を叫びながら」

「そうかい」女の声の調子が変わった。見ると、唇が小さく震えている。悲しんでいるのだろうか。怒っているのだろうか。オークレールにはわからなかった。心地良い南風が頬を撫で、女のまとめられた髪から垂れる後れ毛を揺らしていく。

「……国の栄枯衰退の裏に女あり、なんて言うけどね。一国の繁栄しかり、衰退しかり。その裏には必ず女がいて、時の男たちを導き、惑わし、狂わせた。この国の建国の裏にだって一人の女がいるっていうじゃないか。百年経とうが二百年経とうが変わりゃしない。まったく、しょうもない国さね」女は風に舞う後れ毛を押さえ、揶揄するように言った。

しかし、その声は硬く、目にはうっすらと涙が宿っていた。ここにもいた。残されて苦しんでいる人が。オークレールは、ゆっくりと墓石の方に顔を巡らせた。

## 46

女の背中を見送ったオークレールは、女が消えたその向こう側に見えた二人の姿に肩をすくめて苦笑した。二人はレフラーとブラガだった。

「知り合いか?」レフラーはオークレールの前まで来ると、女が消えていった方向を見つめたまま訊ねた。

「いいえ」オークレールは嘘をついた。ブラガが目をパチパチさせている。オルガの墓に供えられた異様な花の量に驚いているようだった。

「お二方こそ、いったいどうしたんです?」オークレールもオルガの墓を見つめたまま訊いた。

「お前がここにいるだろうと思ってな……それに、まぁ、オルガに挨拶でもと思ってな」

レフラーは頭を掻きながら、ぼそぼそと声を出す。オークレールの顔がレフラーの方に向いた。

「挨拶ですか？　何の？」

「さっき異動の辞令が出たんだ」ブラガは煙草に火をつけながら素っ気なく答えた。オークレールは、今度は目だけをブラガの方に動かした。

「やっと出ましたか。どこです？」

「俺が東方司令部、お前が北方司令部。大将は提督閣下に。明後日付でな」

「そんなところでしょうね」オークレールに驚いた様子はなかった。

「ボガードが提督閣下と一緒に上層部の連中も吹っ飛ばしちまって、上ががら空きだからな。地方から有能な将官たちを召集して、俺たちがその穴を埋める。まぁ、想定内だな」

ブラガはそう言うと、フーッと煙を吐き出した。オークレールは小さく頷きながら、はっと思い出したように口を開いた。

「ブラガさん、訊きたかったんです。どうして中央司令部は攻め込まれなかったんですか？」

ブラガの表情に変化が訪れた。

「西方司令部から援軍が送り込まれたんだ。それが間一髪で間に合って、ボガードたちの侵入を許さなかった」レフラーが硬い口調で答えた。

「それです。ブラガさんが呼んだんですか？　いったいいつ？」オークレールは腑に落ちない様子でまた質問を投げる。

「ちげぇよ。西方司令部のタリーク中将あてに匿名で通報があったんだと」ブラガは苛立ったように答えた。

「一般人からの通報で、中将は軍隊を動かしたって言うんですか？」オークレールは、また遠慮なく訊いた。

「確かにあり得ねぇ。だが、あのじいさん、タリーク中将は変人と名高い御仁だ。それに、これは未確認の情報だが、その垂れ込みは女からだったらしい。アルカディア関係のな」

「……女」オークレールは押し黙った。すると、レフラーが静かに声を発した。

「タリーク中将は上層部とそりが合わなくて西方司令部に飛ばされたが、数年前まで中央勤務だった。アルカディアの女に何か特別な思いがあったんじゃないか？」

オルガの蒔いた種はこの国に無数に存在している。先ほどの女のように。

頭では理解できないのが、女。オークレールは煮えきらない様子で首を小さく捻った。

「……国の栄枯衰退の裏に女あり、ってね」

「……確かにな。皮肉な話だが、アルカディアの一件で暗部と繋がっていた上層部がほとんど消えて、やりやすくなったのは事実だ」レフラーは悲しげな面持ちで口にした。

「でも、まあ、これからはレフラー提督がタリーク中将たちの上で粉骨砕身、気張ってくれるしな」ブラガはニッと強気な笑みを浮かべる。

「今この国は、建国後初めてって言うくらい不安定で緊迫しています。ねえさんが死んで微妙に保たれていたバランスが崩れた。暗部の連中だってこれからどう動き出すか想像もできない。ボガードたちもだ。でも、これは俺たちへの罰なんじゃないでしょうか？　見たくないものを見ず、背を向けてきたことへのしっぺ返しなんだと思います」オークレールの脳裏にオルガの姿が蘇る。彼女は相変わらず強い目をして、一人で颯爽と歩いていく。オークレールはそれが表情に出るのを堪え、ぐっと顎を引いた。

「もっと早い時期にこうなっていてもおかしくなかったんだ。やり方はどうあれ、大した女だよ。自分の大事なもんのためとはいえ、こんな面倒臭い国をずっと一人で動かしてきたんだ」ブラガは嘆息し、首の後ろを押さえた。

「……疲れてしまったんだろうな」レフラーは、今にも泣き出しそうな、沈んだ顔でこぼした。オークレールとブラガは答えなかった。レフラーが顔を上げるのをじっと待つことにした。

何ものも受け入れ、何ものも許してきたあの人にも、一つだけこの世に置き忘れていったものがある。彼女はそれぞれの者たちの胸に、傷痕というほど大げさではない「痛み」を残した。しかし、それは簡単には消すことはできない。一生消えることはないのかもしれない。それはきっと、完璧という仮面を被った彼女が長年耐え、戦ってきた「許すこと」と「復讐」とのちょうど中間に存在する痛みなのだろう。運命を憎み、人を憎み、それでも人を思う心を持ち続け、愛そうとした、彼女の心の痛みなのだろう。

レフラーは目元を拭って顔を上げ、ブラガは口元をゆるめた。

「死ぬんじゃねぇぞ」ブラガが誰にともなく言った。

「縁起でもない」オークレールは思わずげんなりした顔を作る。三人は遠くの方に視線をやり、歩き出した。その目は、確かに未来を見ていた。

「おいしいとこは、次の奴らに譲ってやりましょう」

## 47

「しょうもない国さね」女のその言葉で、ふと思い出した。いつか、軍法会議所で読んだ建国史にあった話だ。

初代提督アギラールは、政策に失敗し、失脚した。それまで崇め、敬ってきた者たちは、手のひらを返したように、彼のもとを去っていった。家族さえも。そして、地位も名誉も家族もすべてを失ったアギラールは、この国から姿を消した。

時を同じくして、アルカディアの一切を仕切っていた一人のリリオも忽然と姿を消した。アルカディアの名物リリオの突然の失踪に、世間は大変な騒動になったという。

オークレールは思う。

そのリリオは、アギラールを迎えに行ったのではないだろうか。軍の上層部と繋がりのあった女は、その者たちからアギラールの政権がそう長くは続かないことを聞いていたのだろう。

女は密かに準備を重ね、時を見て、アギラールのもとへ向かった。アルカディアを捨て、一人の女として。すべてを失って、かつて自分が愛した、ただの男に戻ったアギラールを、迎えに行ったのだろう。女は自分を裏切ったアギラールを恨んで、憎んで、その復讐のためにアルカディアなんてものまで造り上げた。それでも、忘れられなかったのだろう。心のどこかで、ずっと想っていたのだろう。そして、失意に沈むアギラールの前に現れた女は、何事もなかったかのように言ったのではないだろうか。

「お帰り。遅かったじゃない」

# あとがき

「どうして小説を書こうと思ったの？」

　この本を出版しようと決めた時から、何度となく耳にした質問です。本当に近しい人たちにしか伝えていないせいなのか、全員が全員、不安そうに同じ質問をしてきました。わからなくもありません。自費での出版は、二十八歳のいたって普通の会社員の私にとって、決して安い金額ではありません。この出費が絶対に報われるという保証もありません。しかし、夢なのだからこれもまた仕方ありません。

　自分だけが知っている自分だけの世界をどうにかこうにか引っ張り出して、物語として紡いでいく。こんな素敵な仕事がありますか？　主人公に自分を置き、今とは違う時代だったり、違う世界を生きることができるのです。

　この小説の主人公オルガも少なからず私の影響を受けています。オルガは私の理想の女性なので相当美化はされていますが……自分の周囲を取り巻く環境への鬱々とした不満であったり、病的な頑固さであったり、弱さや脆さも、「わかる、わかる」と思わず手を叩いてしまいそうになります。オルガが何をやっても上手くいかないのも、この小説を書き始めた当時の私がそうだったからです。

この度、私はご縁があって、この小説『リリオの花の名前』を出版する運びとなりました。

「岩田ショウ」というもう一人の自分を作り上げ、作家という人生をスタートさせることができました。

企画、編集、この小説に携わるすべての方たちと出会えたことに感謝しています。

そしてなにより、この本を手に取ってくださった方々、皆さまとの出会いに、心から感謝します。

**著者プロフィール**


**岩田 ショウ**（いわた しょう）

1988年（昭和63年）、福島県南相馬市生まれ。
2009年、東京法律専門学校仙台校卒業、会社勤めの傍ら、小説を執筆。
2016年、本作『リリオの花の名前』で作家デビュー。


## リリオの花の名前


2016年8月15日　初版第1刷発行

著　者　岩田 ショウ
発行者　瓜谷 綱延
発行所　株式会社文芸社
〒160-0022　東京都新宿区新宿1－10－1
電話　03-5369-3060（代表）
03-5369-2299（販売）

印刷所　株式会社フクイン



Ⓒ Shou Iwata 2016 Printed in Japan
乱丁本・落丁本はお手数ですが小社販売部宛にお送りください。
送料小社負担にてお取り替えいたします。
本書の一部、あるいは全部を無断で複写・複製・転載・放映、データ配信することは、法律で認められた場合を除き、著作権の侵害となります。



ISBN978-4-286-17286-6